EX-LIBRIS

风雨无乡

叶兆言 著
林倉生 圖

藏书票

春月 / 2015年 / 63.5cm×67.5cm

风雨无乡

精典名家小说文库　谢有顺　主编

叶兆言 著

作家出版社

图书在版编目（CIP）数据

风雨无乡 / 叶兆言著 . -- 北京 : 作家出版社，
2018.6

（精典名家小说文库）

ISBN 978-7-5212-0093-5

Ⅰ . ①风… Ⅱ . ①叶… Ⅲ . ①中篇小说 – 中国 – 当代
Ⅳ . ① I247.5

中国版本图书馆 CIP 数据核字 (2018) 第 126897 号

风雨无乡

作　　者：叶兆言

责任编辑：丁文梅

装帧设计：精典博维·肖　杰　马延利

责任印制：李卫东　李大庆

出版发行：作家出版社

社　　址：北京农展馆南里 10 号　　邮　　编：100125

电话传真：86-10-65930756（出版发行部）
　　　　　 86-10-65004079（总编室）
　　　　　 86-10-65015116（邮购部）

E-mail:zuojia@zuojia.net.cn

http://www.haozuojia.com （作家在线）

印　　刷：三河市兴博印务有限公司

成品尺寸：125×185

字　　数：55 千字

印　　张：4.5

版　　次：2018 年 10 月第 1 版

印　　次：2018 年 10 月第 1 次印刷

ISBN　978-7-5212-0093-5

定　　价：39.80 元

目录

风
雨
无
乡

第一章

1

　　火车拉响了汽笛，像一条僵硬的蜈蚣一样，终于动了一下。车窗外的房子向后退去，站台上很空，一盏昏黄的路灯下，一名穿制服的警官毫无表情地站在那里。如韵轻轻地松了一口气。转眼间，火车已驶入夜幕深处。

　　同行的几个人几乎都松了一口气。尽管老陈一再说这一路绝对安全，大家还是有些七上八下忐忑不安。火车自然是要误点的，原定晚上八点的车，直到过了深夜十二点才开。飞卿不停地摸出怀表来看，他看表，别人便对着他的脸看，看他的表情。老陈说："别看了，火车若是不开，你再看表，也没用。"

一名日本尉官就坐在离他们不远的地方。刚开始的时候，大家很紧张，由于这名日本尉官的缘故，都觉得周围坐着的那几位戴礼帽穿长衫的，是警察局的便衣。张苹本来和如韵一起坐，她借口心慌，一定要和老陈换位子，换了位子，便和飞卿挨得十分紧。火车里的紧张气氛，反而给张苹一个和飞卿亲密的机会。如韵忍住了尽量不对她看，心里酸酸的。飞卿的大姐琼瑶不时地说一句什么，她坐得离那名日本尉官最近，但是由于是侧对着他，反而不去注意他的动静。琼瑶是除了老陈之外最沉着冷静的一位。

火车在一个小站又停了很长时间。车厢里许多人迷迷糊糊地已睡着，火车停在那里老是不走，人们嘀嘀咕咕地议论开了。没人大声说话，那名日本尉官不耐烦地站起来，朝车厢门口走去，不一会儿，又回到座位上。

如韵注意到日本尉官腰间挂着一把刀，那刀从头至尾用一种紫色的花布缠绕着，缠得很紧，给人的感觉是不可能立刻拔出来杀人。如韵听说过许多日本人杀人如何凶残的传说，当日本尉官站起来的时候，如韵的心头一阵抽紧，这是一种不由自主的紧张。事实上，那日本尉官是一张娃娃脸，他十分友好地扫了她一眼。如韵注意到在他的背上，还挎着个像皮包又不是皮包的东西，后来她才知道那就是"王八盒子"，昭和十四年式的手枪。

临时停车带来了各种各样的惊惶和猜想。老陈若无其事地和琼瑶说着什么话。飞卿又一次掏出了在梅城上车时买的一张报纸，又一次把老陈再三关照的吩咐，忘到脑后去了。老陈说，出门在外，别做出读书人的样子。车厢里的灯光很暗，飞卿不得不尽可能地把脸往报纸上凑。张苹也借这机会，把她的头往飞卿脸上靠，那种亲热的样子让如韵感到一种巨大的失落，她有些后悔贸然和他们一起离家出走。一路上，到处都是危险，如韵不时地感到自己的多余。她抬起头,发现那名日本尉官还在偷偷地看着自己。

火车总算又一次启动。车窗外仍然一片黑暗。琼瑶招呼飞卿从行李架上拿一个包裹下来,包裹里面搁着许多好吃的。大家的肚子都饿了,当琼瑶从包裹里拿出牛肉罐头和纸盒装的蛋糕,如韵突然想到自己已经近十个小时没有吃过一口东西。恐惧还没完全离开,饥饿迫不及待地向他们发动了进攻。如韵小心翼翼地把奶油蛋糕往嘴里塞,她忍不住又看了一眼那日本尉官。日本尉官正目不转睛地看着她,他突然有些不好意思了,将目光收回,起身窸窸窣窣从自己的行李中,抽出一个薄木片盒子。如韵看着他十分小心地揭开盒盖,只见那小木盒分成了许多小格,每一格里面放着一个紫颜色的饭团。不知怎么的,那日本尉官手里便有了个一头是连在一起的小筷子,他轻轻将筷子一撕,很娴熟地夹起一个饭团,放进嘴里细嚼慢咽地吃起来。他似乎知道如韵正在注意他，故意不对她看，很斯文地吃完了一个，又吃另一个，吃着吃着，终于忍不住了，他抬起头来，偷偷地看如韵。

2

飞卿的大姐琼瑶是如韵和张苹大学里的老师。飞卿在另一所大学里读书，要比她们低两届。年轻时的琼瑶是学校里有名的校花，数不清的男人追求她。她让男人追烦了，因此打定主意不嫁人。很多女学生在读书时都崇拜琼瑶，崇拜了一阵，还没毕业就嫁人远走高飞。琼瑶是大家心目中浪漫主义的典范。好在不管世事怎么变化，琼瑶都不缺少崇拜者，她是一个有魅力的女人，对男人如此，对女人也如此。

自从日本人进入梅城以后，琼瑶就不停地说要逃出敌占区。她的许多同事和追求者一个个都先她而去。很长的时期内，琼瑶对是去三青团的地盘，还是去新四军的解放区犹豫不决。两边都有人来做她的工作，都说得十分好听，她一会儿一个主意，直到前不久才决定和老陈走。老陈也曾经是她的追求者中的一名积极分子。他在梅城干了许多年地下工作，三教九流，什么样的人都打过交道。琼瑶先是非常奇怪像老陈这样的人，怎么会和日本宪兵有来往，后来知道了他的确切身份，又对他羡慕起来。搞地下工作既神秘又浪漫，她突然下决心和老陈一起去解放区。

要走，自然得带上她的宝贝弟弟飞卿。琼瑶的母亲生了四个女儿，只有飞卿这么个独养儿子。琼瑶的父亲曾在北洋时期当过财政厅长，多多少少攒了些银子，这些钱一直牢牢地捏在琼瑶的母亲手上。父亲先是失势，以后是没钱，娶不了姨太太，便到妓院里去鬼混，胡闹到四十来岁一命呜呼。母亲是个能干的女人，拖儿带女，临死前，把照顾飞卿的担子，托付给了琼瑶。那时候，飞卿刚刚十岁。琼瑶有个追求者在国民党里当师长，当她毅然决定去解放区的时候，她庄严地宣布，自己所以不想到江西吉安去，就是不想当师长太太。去哪里参加抗日都一样，琼瑶觉得去解放区更刺激。飞卿在学校里不好好念书，念了也没什么用处，还不如带他出去闯闯。

有一大批女学生要跟着琼瑶走，琼瑶衡量再三，最后只挑了如韵和张苹。革命不是请客吃饭，人多了太惹人注目。据说日本人的特务机关已经开始注意琼瑶的举动，又传说女学生中的谁谁谁就是汪伪派来的特务。事不宜迟，夜长梦多，琼瑶委托如韵和张苹买了大量的可可粉和巧克力，作为去解放区时送给首长的礼物。因为老陈说，由于日本人的封锁，解放区的军民特别缺糖。

一路上，通过了许多伪警的"检问所"，老陈是老码头，仿佛和什么人都认识。那些伪警也不是太刁难他们，只要塞点钱就可以。一个伪警认定如韵拎包里的可可粉是西药，飞卿塞了一千块钱给他，那人摇摇头，把钱退给飞卿，认定这是违禁品，要没收。如韵很有些紧张，老陈走过来，笑着拍拍那伪警的肩膀，往他怀里塞了几包大英牌香烟。伪警摇摇头，似乎有些禁不住大英牌香烟的诱惑，他伸手摸出已塞在怀里的香烟，很专注地研究着，突然一挥手，让如韵快走。

在梅城时，如韵听说过许多关于汪伪特务机关的厉害。要是让他们侦察到私通共产党新四军，立刻会抓了去灌辣椒水坐老虎凳。如韵和张苹曾为一名来梅城治病的新四军干部送过信，当时她们觉得这事很刺激，值得做，事后却一直感到害怕。毕竟是日本人的天下。她和张苹送信去的那位新四军干部治好了病，安然无恙地离去了。但是有时的确也很严酷，有一位新四军的女干部就是在医院里被抓，然后押到东门外枪毙的。至于那种以私通敌军为罪名被抓起来的人就更多了。

事先说好，他们这一路人马，假装回老家奔丧。老陈扮姐夫，张苹扮飞卿的二姐，如韵和飞卿扮一对刚结婚的小夫妻。虽然是假的，张苹却为此一路闹别扭，要么故意和飞卿亲热，要么就没完没了地拿如韵和飞卿的假夫妻关系取笑。有一次，如韵也有些急了，离开一个检问所，脸红着对张苹说："到前面还是你们扮小两口算了，你们俩在一起更像。"

张苹让她说得有些脸红，一时竟找不到话反驳。琼瑶说："你们也是的，到这时候，还开这种玩笑。"老陈严肃地说："这种玩笑是不能乱开，万一说漏了嘴，事情就麻烦了。虽然是假的，但一定要跟真的一样。"他和琼瑶果然配合得天衣无缝，如韵知道老陈过去曾经崇拜过琼瑶，一想到这一点，她就觉得好笑。张苹当着伪警喊他姐夫的时候，老陈一点咯噔也没有。一路上，已经一把年纪的老陈不停地献着殷勤。

如韵早就听说琼瑶有一个长得像女孩子的弟弟飞卿，她早就听说飞卿会演戏，是学校剧社的男主角。剧社排演曹禺先生的《雷雨》，飞卿演的是小儿子周冲。如韵没有见到过飞卿在舞台上的模样，她第一次见到他的时候，飞卿已考上了大学，学英文。飞卿后来告诉如韵，他的志愿是去上海读戏剧学校，但是他的姐姐不让他去，怕他独自一个人在上海学坏了。如韵发现飞卿真的很听他大姐的话，他的那张娃娃脸确实有几分可爱。

飞卿大约要比如韵小一岁，如韵和他熟悉起来，是因为琼瑶生腰子病住医院。许多女学生都去医院看望她们的林老师，把个小小的病房搞得十分热闹，琼瑶发现如韵很会体贴人，有一天，一本正经地对如韵说："我们家飞卿，以后要能找到像你这样的女朋友，就好了，我也就放了心。"

如韵说："林老师，你怎么这么放心不下你弟弟？"

琼瑶叹气说："怎么办呢，都是我母亲把他宠的。"

病中的琼瑶想得最多的，也是飞卿。飞卿来医院看她，她总是盯着他一个劲追问，不厌其烦地从他嘴里掏话。如韵正是在琼瑶生病的这段时间里，了解了飞卿。飞卿果然是个被宠坏的大男孩，他跑来看大姐琼瑶，自己空着手来。别人送给琼瑶的香蕉，他一口气能吃六七根，吃完了也不洗手，要琼瑶喊过之后，才在手巾上胡乱擦一下。已经开始有女孩子追求飞卿，不断地有人给飞卿写信，送小礼物。飞卿是贾宝玉一样的人物，就喜欢成天在女人堆里混，难怪他的大姐琼瑶要不放心。从一开始，如韵对飞卿的印象就很特别。

在一个叫三步两桥的地方，他们来到了最后一个检问所。过了桥，往东北方向去，便是新四军的根据地，往西北拐，是国民党控制的区域。三步两桥还在伪警的管辖下，不过两座几乎紧挨着的桥上，全都涂上了白石灰。还没到检问所的时候，老陈就警告过大家，因为这里是好几方势力的交界处，说话千万要注意，弄不好会前功尽弃。事先说好是回老家奔丧，大家还没走近检问所，一个个先哭丧起脸来。一个伪警似乎猜到了他们是干什么的，装腔作势地喝了几句，老陈走上前，笑着把钞票往他手上塞。伪警接过票子，看了看面额，很满意，一边往口袋里放，一边笑着说："怎么这么痛快，好，我就喜欢痛快，这样反而好。"他敷衍了事地检查着证件，随口问如韵和飞卿："你们什么时候结婚的？"

3

　　老陈在前面的村子里，找到了一个姓尖的保长，这保长和老陈是熟人，老陈让尖保长赶快找个挑夫来。不一会儿就来了一位年轻力壮的小伙子。老陈让大家把包裹重新调整一下，最重的几个交给挑夫挑。挑夫看看东西不少，红着脸要加钱。尖保长无可奈何地说："真让你们城市里的同志笑话了，乡下人，觉悟就是这么不高。"和尖保长分手，大约走了七八里路，到了一个小镇上。那挑夫将大家送到了区公所，拿钱走人。大家感到有些奇怪，说是已经到了区公所，可门口连个带枪站岗的都没有。

一个身着灰布长衫，留着一个小分头的青年跑了出来。他和老陈说了几句话，笑着跟大家招呼："辛苦辛苦，欢迎你们来。对了，我介绍一下，这里就是招待所，我呢，就是所长。鄙人姓金，都喊我老金好了。"说着，捡最重的行李搬起来，带大家去住的地方。如韵发现区公所转眼间成了招待所，而且这所谓的招待所，其实是一座破庙，等到了金所长说的最好的房间时，大家才知道最好的房间连床都没有。地上铺了一大堆草，不是稻草，是那种看上去硬硬的，仿佛棉花秸一类的东西。张苹情不自禁地伸了伸舌头。她的眼睛往窗外看了一眼，立刻十分恐怖地瞪大了。

如韵顺着张苹的眼光看出去，正对着门口，齐齐整整放着三口大棺材。飞卿也注意到了这景象，连声说："这房间不能住，不能住。"老陈不当一回事地说："有什么关系，那是空棺材。"琼瑶只顾着想这地铺怎么能睡，听到大家谈棺材，才抬起头来。她是个能干的女人，什么教也不信，但是却怕鬼。当她亲眼看见那三口瘆人的棺材时，惊得从原地跳起来，大叫："换地方，说什么也得换个地方。"老陈没办法，只好和金所长商量。金所长说："跟你们说这地方好，你们非要换，我也只好依你们。"

金所长带着大家从那三口棺材边上绕过去。琼瑶闭着眼睛，差一点摔个跟头。一路上，琼瑶总是最有主意，她大包大揽，指挥着一切，现在她率先怕成这样，别人反而镇定起来。他们走进庙堂侧面的一间小房间，果然是更破，屋顶上有一块地方，连瓦都没有了，白晃晃的能看到天。而且这地方离棺材的距离更近，好在有一面墙挡着，心里的感觉完全不一样。老陈用眼睛问琼瑶，琼瑶苦着脸点点头。

安排停当，金所长提出来是不是大家吃点东西。飞卿摸出怀表看看，是下午四点多钟，肚子已经有点饿了，于是一起表态，要吃。金所长亲自下厨，在伙房里，竟然什么都有，有鱼，有肉，还有蔬菜。除了老陈还能凑合几下，谁也不会烧火，柴禾塞进灶里，不是火灭了，就是弄得一房间是烟雾。大家只好站在旁边傻看。不一会儿，金所长就忙完了，想不到他那么能干，灶前灶后来回跑着，菜刀和锅铲乒乓乱响，四菜一汤便端到桌子上。最有趣的，是金所长手上的油从来不往抹布上擦，而是不断地往头上抹，难怪他的小分头会那么锃亮。大家的筷子刚举起来，金所长忽然想到地问大家喝不喝酒。琼瑶知道老陈是喜欢喝酒的，因为搞地下工作，平时一直没有机会喝。这一次护送他们，一路辛苦和紧张，总算平安到达了，应该喝点酒庆祝一下。于是，金所长转身出门，抱了一小罐子酒进来，是一种很凶的烧酒，就往碗里倒，倒好了，站起来敬酒："好，欢迎大家到抗日民主根据地来工作。"大家跟着一起站起来，举起碗，碰了碰。老陈和金所长一干而尽，其他人都陪着抿了一小口。酒虽然不好，大家喝得痛快，连日来的疲惫和紧张一下子都没了，喝得高兴时，琼瑶情不自禁地唱起了抗日歌曲。在她的带领下，大家齐声高唱《大刀向鬼子们的头上砍去》。

刚开始吃的时候，天还没黑，等到吃完，已快八点钟。老陈喝多了，刚离席就吐，半夜里又起来吐了一次。这一夜，男男女女都住在一间房子里，琼瑶把地上的棉花秸分成两摊，让老陈和飞卿靠门口睡。门口风太大，琼瑶想想又有些不忍心，又关照把棉花秸连成一片，大家反正是和衣而眠，挨拢一些睡暖和。酒能壮胆，更可以助眠，大家忘掉了一墙之隔的棺材，也不觉得棉花秸硌人，外面凉风呼呼地吹着，一个个倒头就睡。半夜里老陈起来呕吐，只听见鼾声一片，也分不清谁是谁。

4

如韵天亮前，被一泡尿憋醒了，好大的一泡尿，她迷迷糊糊地要睡着，又醒过来。琼瑶也不停地翻身，只有老陈睡得很死，呼噜打得震天动地。从缺瓦的屋顶上，能看到一方灰蒙蒙的天，如韵想自己昨天晚上倒头就睡，否则可以很好地看看星星和月亮。外面传来一阵阵的狗咬。还是在做梦的时候，如韵就梦到自己在被狗追赶。她不敢一个人爬起来去茅房，既害怕外面停放着的三口棺材，也怕有狗。

一直到天大亮，琼瑶才喊着憋不住，领着如韵和张苹一起去茅房。那茅房几乎和露天一样，大家憋急了，也顾不了许多，争先恐后抢着方便。如韵从茅房出来，发现飞卿正在不远处看着她。真不像话，如韵突然想到他很可能看见她在茅房里的窘迫腔调，脸唰地红了。她红着脸从飞卿身边走过，衣衫不整的飞卿迫不及待地也冲进了茅房。大家就此算是正式起床。老陈醒来第一句是，"我昨天晚上喝醉了"，然后草草梳洗一下，带大家去四处看看。

如韵吃惊地发现在破庙里，又出现了许多新的陌生面孔，一看就知道和自己一样，是从城市来的。这是一批从上海赶来的青年学生，是半夜里来的，就住在本来安排给他们住的"最好的房间"里。吃过早饭以后，如韵看见飞卿已和上海来的那些学生熟悉起来，正和一个瘦瘦高高的女孩子说着话。几个男生在空场上玩着排球，如韵想不明白，这些学生是怎么带着排球闯过一道道封锁线的。

开往大集镇的船，一直到快吃中饭的时候，才找到。两条船都很破，一大一小，其中一条还有些漏水，说是要修一下。于是吃中饭，吃完了中饭，金所长抱着一个木盒子来收饭钱，连昨天晚上的那顿，一共三餐。琼瑶有些吃惊，没想到在这吃饭还要付账，怔了怔，问多少钱。金所长报了一个数，老陈抢着要付，琼瑶掏出钱包，从里面抽出一张票子，递给金所长。金所长将木盒放地上，人蹲了下来，挑了几张抗币找零给琼瑶。大家第一次见到抗币，纷纷传着看。金所长捧起木盒子，转身又去问那几个上海来的学生收饭钱。

　　船磨蹭到下午两点多钟才开。上海来的人坐一条船，如韵他们和金所长还有几名本地的干部坐一条船。飞卿闹着非要和上海人同船，结果琼瑶发了火，他才作罢。张苹酸溜溜地说："刚和如韵结束了夫妻关系，就这么急着要找新的女朋友了。"飞卿不在意地看了如韵一眼，又往紧跟其后的那条船看，嘀咕着说："你不要瞎讲。"后面那条船上，那位瘦瘦高高的姑娘，大眼睛滴溜溜地正盯着他们看。如韵说："飞卿，你看人家的眼睛直溜溜地看着你呢。"飞卿有些不好意思，笑着说："怎么你也会开这样的玩笑？"

　　一路上，如韵听见金所长和本地的几名干部，反复提到一个叫李怒的人，便向老陈打听李怒是谁。老陈也不知道，问身边一位着灰布长衫、戴顶礼帽的本地干部。那人眼睛瞪多大地说："难道李司令你们都不知道？"他的表情不仅吃惊，而且有些愤怒，"连日本人都没有不知道的，你们也真是！"飞卿说："我们本来就不知道嘛，知道了还会问你们？"飞卿的话引起了又一阵关于李怒的议论。原来今天在大集镇要开一个大会，李怒将要出席，金所长和那些本地干部就是准备去见一眼李怒。老陈曾经去过大集镇，他有些担心地问，大集镇离敌占区那么近，万一敌人突然来一个清乡怎么办。金所长捋了捋锃亮的小分头说："只要李怒在，日本人和伪军不敢来的。"

天黑之前，他们才赶到大集镇。集会早就开始了，如韵心惊胆战地从跳板上走下来，看见黑压压的人群云集在一片空场上。远远地搭着一个舞台，有人正在上面演着什么戏。金所长把人召集齐了，关照大家待在原地不要动弹，他先去找人，不一会儿，找来一位军人。那军人来了以后，对大家敬了一个礼，便领着大家往密密麻麻的人群里钻。人实在太多，金所长完成了移交任务，对大家摆手再见，又喊大家都把手拉起来，以免走散了。那军人在前面领着路，一路挤，一路喊前面的人让一让。好不容易挤到离舞台一二十米的地方，没办法再往前走了，那军人回过头来，对大家说："这样吧，就先在这看演出，别挤得大家最后找不到人。"

人山人海，如韵被挤得东摇西晃。飞卿趁乱，挤到那位大眼睛的女学生身边，琼瑶还有些不放心他，像关照小孩一样地让他小心一点。一直到乱哄哄的演出结束，如韵都不知道舞台上演的是什么戏。天很快地黑下来，几个身着军装的士兵在舞台上点着风灯，灯全部点好的时候，演出也结束了。一位领导同志走上主席台，做关于形势的报告。他的报告稍稍冗长了一些，整个会场变得更乱。好不容易说结束语了，他似乎也察觉到了大家的不耐烦，非常戏剧性地挥手喊道："下面，让李怒司令和大家说几句。"

会场顿时安静下来，如韵注意到坐在看戏最前排的地方，站起来一个人，对台上摆了摆手。会场太安静了，大家都在等李怒司令出场。那个站起来的人就是李怒，他戴着一副眼镜，没有戴军帽，梳着十分整齐的分头，大约也明白这种场合下，不该伤了大家的希望，于是缓缓地走上台去，举起一只手，声音沉重地说："实在没什么好说的，今天的会开得很好，就到此为止。"话音刚落，下面一阵热烈的鼓掌。

第二章

1

李怒第一次见到如韵是在河边。一群女兵正在洗衣服，骑在马上的李怒路过那里，所有的女兵都抬头看他。"李司令好！"女兵们对他喊着，他笑着对她们招了招手。一位女兵光顾着看他，正洗着的衣服顺流而下漂走了，李怒的警卫兵跳下马，拉着河边的小树，侧身去捞，但是捞不到。女兵们叽叽喳喳乱成一片，李怒一拉马缰，连人带马一起跃入河中。小河并不深，李怒驱马去追那件还在漂的衣服，一个漂亮的侧身，将衣服捞了起来，然后回到岸上，把湿漉漉的衣服还给怔在那里的女兵。那女兵满脸通红，看着李怒，一边的女兵小声说："还不赶快谢谢李司令。"李怒看着那女兵，等她说话，然而她一句话也不说。旁边的女兵不住地催着，李怒继续看着她，他除了裤腿有些打湿以外，其他部分都是干的。"用不着谢，要谢，就谢我的马吧。"最后，还是李怒先说话，女兵们听了，咯咯咯笑起来。

李怒和警卫骑着马走了，马蹄声脆，女兵们一个个抬头看着他们的去影。走出去一截，李怒突然停下来，很随意地问警卫："小张，刚刚那女的叫什么名字？"警卫是个愣头愣脑的小伙子，紧紧拉住缰绳，一时摸不着头脑，他怔了怔，说："我去打听一下。"掉转马头就向河边的女兵们飞奔过去。李怒想喊已经来不及了，转眼之间，警卫已回到了女兵的身边，骑在马上和那些女兵说着什么。

警卫赶回去打听名字的那位女兵就是如韵。在河边洗衣服的都是学习班的学员，转眼已经大半年过去了，如韵这是第二次在学习班里学习。第一次学习的时间很短，学完以后，大家分配了新的工作。飞卿去了某个区的文工团，他一直想当个演员，这次总算圆了演员梦。一起去的还有张苹，如韵知道张苹从来就没有演过戏，她报名去文工团，只是想和飞卿在一起。一个不能演戏的人，站在舞台上有什么意思呢，如韵想到这一点，想到张苹站在舞台上忘了台词不知所措，就觉得好笑。临分手的那天，飞卿凑到如韵的耳边，轻轻地说："其实我愿意你和我一起去文工团，如韵你知道，我更喜欢你。"

从飞卿鼻子里呼出的热气，撩得如韵脖子那里痒痒的，如韵一阵脸红。这时候，琼瑶走了过来，问他们在说什么，接着张苹也走了过来。大家就这么分了手，如韵和琼瑶分在后勤机关，没过多久，琼瑶又调到战地医院。新的生活让如韵感到自己完全变了一个人，她不明白的是，为什么她的工作一直没有正式定下来。当再一次和一些学员进入学习班重新学习的时候，如韵感到有些莫名其妙。她所熟悉的人，都已经走向不同的工作岗位，只有她，像是一名永远不能毕业的学生。

2

李怒派警卫打听如韵的名字一事，成了学习班的重要话题。负责学员生活的朱大姐特地把如韵找去问话。"他为什么会对你的名字感兴趣呢？"朱大姐百思不解，认定李怒过去曾和如韵见过面，"李怒那人我知道，稳重得很，他不会那么冒冒失失就打听你的。"如韵也解释不清为什么，同样的问题，那些女学员已问她很多次。本来这是件很平常的事，所以变得这么复杂，变得这么扣人心弦，也就是因为对方是大名鼎鼎的李怒。

传奇一般的李怒本来就是个话题。其实李怒只是一个支队的司令，手下的人马不过是一个团。学习班的女学员，差不多每人都能讲一两个李怒的故事。有一天，一群活泼的女学员又在河边洗衣服，李怒骑着马和警卫一起经过，大家齐声招呼他。李怒对她们挥了挥手，眼睛似乎是在女学员中找什么人。晚上睡觉时，黑暗中，

雨丝轻轻 / 2004年 / 68cm×45cm

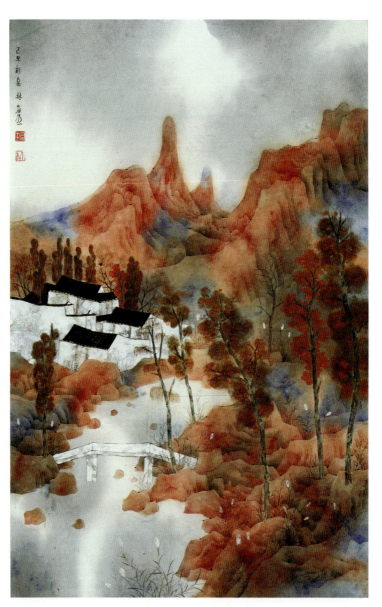

秋歌 / 2009年 / 68 cm × 45 cm

一个女学员突然大声地宣布:"李司令看上我们如韵了。"如韵立刻觉得这玩笑开得有些过分,让她别瞎说。那女学员笑着说:"怎么是瞎说,今天在河边,李司令的眼睛,滴溜溜地找谁了?我跟你说,就是找你。你不信问在场的人。"

如韵当时的确不在场,不过她没有傻到去问别人是不是确有其事。女学员在一起开玩笑是常有的事,她不喜欢别人和她开这样的玩笑。李怒是一个大家尊敬的人,在背后开这样的玩笑,是不严肃的。黑暗中,女学员们肆无忌惮地笑着,说着,如韵越是不吭声,大家说得越起劲。如韵没办法,提出抗议也没用,只好用被子把耳朵堵起来睡觉。然而她很久都没有睡着,先睡着的是寝室里说笑话的其他人。有个女学员打起了很响的呼噜。

从此,如韵害怕去小河边洗衣服,尤其害怕和别的女学员一起去。她害怕再一次碰到李怒,又知道迟早会有这一天。这一天终于来临的时候，她丝毫不像想象中的那么慌张，表现得十分自然。那天，她独自一人在河边洗饭盒，身后传来了清脆的马蹄声，那声音就在她身后不远的地方停了下来。她毫不犹豫地回过头去，看见李怒正对着她笑。如韵喊了一声"李司令"，李怒对她挥了挥马鞭子，清脆的马蹄声又响起来，短暂的会面就结束了。如韵目送李怒的背影，若有所思地回过头，看见几名女学员远远地正看着她。

学习班结束以后，如韵被分在县委妇女部工作。有一天，曾经是学习班负责人的朱大姐找到了她，说是有话要跟她谈。正是春暖花开的时候，朱大姐和她闲扯了几句，突然问如韵对李怒的印象怎么样。如韵有些吃惊，红着脸说不出话来。她只和他见过三次面，每次都是匆匆，其中有一次还包括她刚到解放区时，李怒走到主席台上宣布大会结束。朱大姐说："你不要不好意思，直截了当地说好了。"如韵想了想，眼睛看着窗外盛开的桃花，说自己真的对他没什么印象。"没什么印象？"朱大姐非常吃惊，眼睛审视着如韵，不相信地说，"我可听说过一些事。"

如韵解释说那是别人在瞎议论。朱大姐笑起来，说："别人瞎议论，也不一定是坏心嘛。对了，如韵，你知道不知道梅艳芳结婚了？"梅艳芳是如韵学习班的同学，朱大姐告诉如韵，说梅艳芳已经和农工部的李部长结了婚。"和李怒同志一样，人家李部长也是老红军了，当然资历和李怒不能比。"朱大姐是个自说自话的人，才不管如韵是否听明白她的话，她终于说出了她来找如韵的真实目的，原来她打算为如韵做媒。如韵的脸顿时红得更厉害，连声说这不行。朱大姐很严肃地说："怎么不行？"

朱大姐告诉如韵，她已经和李怒谈过了，说李怒也和如韵一样，先是不好意思，后来呢，便同意和如韵熟悉熟悉再说。"你看人家李怒，多大方。"朱大姐用教训的口吻说,"革命就不要恋爱结婚了? 真是笑话。我知道你准是脑子里的小资产阶级思想在作怪,是不是觉得人家李怒的年龄比你大?"如韵有些哭笑不得,她根本不知道李怒多大年纪。这事不仅突然,而且太滑稽了,再谈下去便显得多余,如韵很平静地告诉朱大姐,谢谢她的好意,她现在还不想急着嫁人。要急着嫁人,她也用不着出来参加革命。

这事说过也就算了。夏季开始的时候,李怒带着他的部队,进驻到离如韵所在的县委机关不远的地方。敌人的清乡运动正在酝酿,李怒准备带着他的部队,主动出击一下。临上前线前,李怒约如韵谈了一次话,他们走在乡间的小路上,不止一次从刚收割完的麦田里穿过去。夏日的风暖洋洋的,几只喜鹊在田野里飞过来蹦过去,叽叽喳喳地叫个不歇。警卫牵着马,远远地跟在他们后面。大家都没说什么话,李怒似乎有些拘谨,沉默了半天,很严肃地问如韵到解放区有多长时间。如韵回答以后，又是好半天没说活。最后，李怒说："如韵，你多大了？"

这次见面给如韵留下了良好的印象。如韵并不喜欢那种能说会道的男人，在这种特定的场合里，她知道说什么话都多余。她喜欢这种情调，警卫牵着马远远地跟在后面，自己和一个不是太讨厌的男人在田野里散着步。这样的散步会有什么样的结果，如韵不愿意去想，在妇女部的工作十分枯燥，她需要有些刺激的事情来调剂她的生活。前不久，她收到了张苹的来信，张苹告诉她，说琼瑶终于已和老陈结婚了，而她自己很快就要和飞卿结为伴侣。她告诉如韵，是飞卿主动向她提出来的，她想拒绝，可是没有拒绝成功。

李怒在前线消灭了敌人的三个保安团，凯旋而归。根据地的地盘扩大了许多。如韵有机会又一次和李怒见了面，地点仍然是上次谈话的地方，警卫仍然远远地牵着马。这次说话多的是如韵，她不停地问前线的情况，询问战斗怎么打响，怎么僵持，最后又怎么结束。她似乎存心给李怒一个有话说的机会，但是李怒显然辜负了她的好意。他不停地微笑，心不在焉地回答着问题。

3

就在这年的初冬，如韵和李怒在一座破庙里举行了婚礼。在结婚前，他们又有过几次接触，但是没有一次深谈过。李怒是神话一般的人物，结果如韵常常会向他提出一些非常简单可笑的问题。传说中的李怒刀枪不入，可是在李怒的身上，大大小小起码有十个伤疤。在长征途中，一颗炮弹就在他身后不远的地方爆炸。还有一次，一颗子弹打飞了他的帽子，将他的头皮削掉了一块，血流了一脸。

离洞房不远的侧厅里，寄放着一具棺材。那棺材用乱稻草盖着顶部，这情景和如韵刚到解放区如出一辙。

她不明白为什么这地方的人，喜欢把棺材寄放在庙里。棺材总是和死亡联系在一起的，不过举行婚礼的那天晚上，如韵一点也不害怕。闹洞房的说笑声太大了，大家吃着花生和瓜子，地上厚厚的一层花生壳瓜子壳，仿佛是铺的地毯，脚踏上去噼里啪啦直响。风灯里的油用完了，李怒往里面加油。作为介绍人的朱大姐笑着说："喂，我们该识相地走了，别耽误人好事对不对？"大家说笑着离去，李怒和如韵站起来送客，送完了客，两人踩着花生壳瓜子壳回洞房。

蜜月还没过完，他们就分开了。李怒又一次上了前线，又一次凯旋而归。如韵重新回到了妇女部，就好像什么也没发生过一样。解放区的许多妇女干部都这样，她们的丈夫永远在外面流动着，革命工作是紧张的，一切都必须服从革命工作的需要，有时候近在咫尺，夫妻也不能团聚。如韵和李怒的婚事办得有些匆忙，直到结婚以后，如韵才知道李怒过去结过婚，在老家还有一个年龄已很大的儿子。他的妻子可能还在，那是他母亲给他找的童养媳，比他要大好几岁。在他十六岁的时候，母亲做主让他们圆了房。当时他正在县城的中学里念书，是个很用功的学生。

很多女人都羡慕如韵嫁给了李怒。只要李怒的部队在附近，李怒的警卫常常在天黑之前来接她。他总是骑着马来，然后让如韵坐在马上，自己在前面牵着缰绳步行。刚开始骑马如韵很紧张，怕从马上摔下来，一坐在马上就有些头晕。后来如韵也掌握了骑马的技术，警卫便带一匹马来，两人一起骑马去和李怒相会。如韵骑的是李怒的那匹白马，那白马渐渐和如韵熟悉了，她开始喜欢骑着马在大路上奔跑。有时候她跑得很快，害得警卫一路都要喊她"慢一些，慢一些"，如韵觉得自己既然会骑马，也就和一个正式的军人差不多了。

如韵曾经向李怒提出来，要和他一起上前线，这建议被李怒毫不含糊地拒绝了。有一段时间，李怒的部队离如韵的所在地很远，他为了赶来相会，不得不日夜兼程，在如韵这儿住一晚上，然后再匆匆赶回去。有一次半夜里，如韵被外面疾驰的马蹄声惊醒了，她隐隐地觉得李怒会来，果然很快就听见他的敲门声。这是她一生中，和李怒最短暂的一次相会，李怒刚进来，就告诉她必须马上就走。李怒必须在天亮前赶回部队，来的时候，他和警卫为了抄近路反而迷了路，因此已经没有时间说话。如韵把李怒送到了大路口，依依不舍地看着他的白马消失在黑暗中，疾驰的马蹄声远远地传了出去。如韵想到他这么大老远地赶来，就只是为了看她一眼，心里甜滋滋的。

那年的春节前后，如韵总算有机会和李怒多待了些日子。李怒去军部开高级军事干部会议，抱了一大堆整风文件回来。李怒向来怕开会，有了这么多文件，想不开会也不行。好在主要由负责政治工作的领导安排，李怒只要在会场上坐坐就行了。有一次会议定在李怒的房间里开，人都来齐了，警卫员还没有把会场布置好，原因是找不到将朱、毛的画像钉在墙上的图钉。李怒说："没有就算了，也不一定非得要。"大家的脸上都露出了为难的神色，李怒又说了一遍，还是没人响应。

最后还是如韵打破了僵局，她让警卫在墙上钉了两根钉子，中间用一根绳子拉起来，将朱、毛的画像用缝衣服的针别在绳子上。大家都盛赞这主意只有女主人才想得到。会议很快开始了，代替警卫给大家沏茶倒水的是如韵，气氛顿时比过去温馨多了。本来应该很严肃的会议很快轻松起来，如韵让警卫去街上买了许多花生瓜子，大家一边开会，一边吃，最后竟然说起了笑话。会议结束以后，李怒对如韵说不出的满意，似乎只是通过了这件事，他才意识到自己有一个很可爱的妻子。他漂泊了多少年，似乎第一次有了一个固定的家。他和如韵商量，干脆多买些肉回来包饺子请客。短短的几天里，只要是开会，李怒便留开会的人吃饭。

4

整风运动大规模地开始了，如韵所在的县委机关，也开始学习整风文件。有一天，有两名保卫干部来找如韵，说是向她了解一些情况，问着问着，把话题扯到了她为什么要来解放区，为什么要那么急着嫁给李怒。据情报部门所掌握的材料，如韵在梅城读书时，有一个最要好的女朋友去了江西吉安，保卫干部想不明白，她为什么不和好朋友一起去江西参加三青团，反而来到条件很差的解放区。如韵出身于小业主家庭，这样的家庭往往带有很大的投机性，要是如韵不能说清楚她为什么参加革命，这里面就有问题。

如韵觉得自己真有些说不清楚。她承认自己早就知道她的那位好朋友，是一名三青团的骨干分子。在她过去的想法中，去江西和去解放区，没有太大的区别，反正是投身抗日救国。保卫干部告诉如韵，有材料证明带他们来解放区的老陈也有问题；事实上，老陈也被隔离审查了，组织上不得不怀疑他和日本人有勾结。如韵一听，吓糊涂了，事情竟然变得这么复杂，保卫干部说的什么话她都相信。

李怒在听到如韵被隔离审查的第二天，便愤然从前线赶了回来。他怒气冲冲地闯进县委机关，又骑马来到关押如韵的地方。"我们在前线流血抗日，你们却好，躲在后方整我的老婆。"李怒和如韵匆匆见了一面以后，对负责审查如韵的保卫干部又吼又叫。保卫干部让李怒冷静一些，说事情总会弄清楚的。李怒说："那好，等你们弄清楚了，我再回前线。"

如韵的问题很快就弄清楚了。保卫干部认为她太不够冷静，她不该随便乱说，结果反倒害得人家老陈受了不少委屈。一个做地下工作的人和日本人打交道是最正常不过的事，怎么就能因此怀疑他和日本人有勾结呢？如韵发现自己有口难辩，想这些人怎么可以出尔反尔，把一盆脏水全泼在她身上。保卫干部警告她说，有些话题事关机密，不能和别人说，即使是对自己的丈夫也不能说。临了，恢复自由的如韵，只能对李怒哭一场了事。如韵想，幸好李怒赶来了，要不然问题越弄越复杂，越说越不清楚。冲冠一怒为红颜。如韵明白李怒毕竟不是个普通人，他真生气了，别人还是怕的。

敌伪的春季扫荡开始了，大敌当前，整风运动只好草草收场。根据情报，这一次敌人的扫荡来势凶猛，主力部队不得不避实就虚，进行大规模的转移。所有的机关都得精简，许多已经怀孕的妇女干部，纷纷吃奎宁打胎。如韵认识的一位女县长，就是因为打胎引起大出血送了命。大转移前，李怒骑着白马来和她相会，他们似乎已经预感到会有较长时期的分离，都有些舍不得离开对方。如韵说："我不想和你分开。"李怒苦笑笑，伸手捋她的头发，他一遍又一遍捋着，一言不发。如韵又说："你说话呀，别不说话，我不怨你，我知道你不能带我走。"说着，小声哭起来。

天亮时，警卫牵着马来接李怒，李怒依依不舍地看着她，终于对她摆了摆手，翻身上马，消失在浓雾之中。如韵收拾了一下，也在当天，随着县委机关一起转移。她身上已经快两个月没来例假，和李怒在一起的时候，她想告诉他自己可能已经怀孕，但是话到嘴边，又缩了回来。她不想让李怒为她太担心。战争年代，如韵想她不能上前线和敌人真枪真刀地对打，起码有能力自己照顾自己。她觉得自己已经很成熟了。

第三章

1

县委机关是在刘庄被冲散的。这次敌伪的扫荡，和以往的清乡不一样。清乡从来就是雷声大雨点小，这次却是周密计划好的，正面几路同时并进，又从后面狠狠地抄了一下退路。都以为敌人会从西南方向出现，可是一觉醒来，却发现已经陷入到了敌人的包围中。县自卫队和装备精良的日本兵接上了火，不一会儿，县自卫队就溃不成军。陆县长带领一部分人马逃到了马庄，派侦察员小马出去探路，得到的消息是方圆几十里都被敌人占领了。

陆县长只好召开紧急会议，事到如今，突围已不可能。最好的办法是就地疏散。马庄暂时还没有来敌人，趁敌人进庄以前，大家赶快分散，像鱼一样从敌人的海洋里游出去。在县委机关工作的有许多本地人，他们本来就是便衣打扮，混水摸鱼逃出去并不难。难的是如韵和另一位上海来的姓刘的文化干事，他们的口音，一听就知道从大城市里来的。情况太紧急了，一时也没有更好的办法，陆县长找来了朱甲长，将如韵和姓刘的文化干事托付给他。陆县长知道这些干甲长保长的，都是油子，都有两面性，神情严肃地警告说，革命不过暂时处于低潮，主力部队迟早会打回来的，他希望朱甲长好好地照顾如韵他们，要不然，日后饶不了他。

这的确是能选择的最好办法。陆县长关照如韵，千万不要暴露他是李怒妻子的身份，因为大名鼎鼎的李怒早就使敌人闻风丧胆恨之入骨。万一落入敌人之手，她不过是一个普通的女学生，一个倾向共产党的年轻人，敌人未必就拿她怎么样。陆县长在和如韵分手的第二天便牺牲了。他是县长，认识他的人太多，刚遇上敌人就被抓起来。日本人很郑重其事地贴了一张布告，将陆县长押到县城的东门外，执行枪决。一起被枪毙的还有两名其他干部，以及一个不相干的大烟贩子。白色恐怖几乎立刻笼罩起来。

朱甲长提心吊胆过着日子，陆县长留了两个人给他，随着风声越来越紧，他越来越如坐针毡。日本人和伪军就驻扎在刘庄，来马庄一会儿工夫就到。朱甲长前思后想，决定先将那位姓刘的文化干事打发走，文化干事是深度近视眼，戴着一副酒瓶底一样的眼镜，一眼就能让敌人看出破绽来。朱甲长来到如韵他们藏身的地方，故意把事情说得十分严重。他告诉他们，说日伪军正在挨家挨户严格搜查，凡是敢隐藏新四军或共产党干部的，立刻满门抄斩。他朱甲长自己不会把他们交出去，可是事情如此紧急，大家同舟共济，必须商量出一个对策才行。姓刘的干事说，都到了这一步，还有屁的对策，反正陆县长把我们交给你，你就得负责我们的安全。谈到临了，谈崩了，姓刘的干事一脸愤怒，朱甲长苦笑着说："这位同志，我担了这么大的风险凭什么，又不欠你的。陆县长又怎么样，还不是叫日本人给杀了？"

姓刘的文化干事等朱甲长走了，心事重重地对如韵说："这家伙靠不住，陆县长说得对，你千万不要暴露自己的身份。"文化干事在离马庄八里路远的辛家庄上有个亲戚，既然朱甲长靠不住，与其被出卖，还不如先走人，他便准备天黑以后，一个人溜过去投奔亲戚。文化干事本地话不会说，这一带的路却熟悉。他说着说着，打定了主意。结果害得如韵左右为难，想和姓刘的文化干事一起走，听他的话音，也并没有带着她走的意思。如韵说："你要是走了，我怎么办呢？"姓刘的文化干事说："事到如今，只能各人顾各人了。"

朱甲长看见一个人已经不辞而别，叹着气对如韵说："你看看，就这么跑了，不是害人吗？叫日本人抓住了，一审问，统统说出来，大家一起完蛋。"

如韵叫朱甲长这么一说，更多了一层担心。过了一天，朱甲长对如韵说："这位女同志，外面的风声越来越紧，我这里实在也是不安全，我说个办法，你看行不行？"如韵抬起头来，看着朱甲长，等他的下文。朱甲长吞吞吐吐不肯说，临了，还是把话说了出来。他说就在他老婆的娘家的那庄子上，有个大户人家，家里前前后后有几十间房子，他老婆已和人家说好了，让如韵住到他们家去。朱甲长说："你想想看，几十间房子，能住多少人？日本人再细心，他能查出来？"

2

如韵被朱甲长带到山脚下的一个庄子里，庄子藏在一片树林中，远处看看并不大，真走进去，别有一番天地。一路上，如韵都是冒充新娘子，用一块红布遮着脸。不止一次遇到了盘查。在一个哨口，几个伪军非要揭开头纱看看新娘子，朱甲长赔着笑脸说："新娘子怕羞。"伪军起哄说："怕什么羞，我们又不是新郎官，先看看，又有什么关系？"

一直到被带进张大户家，如韵都没有意识到什么不对头的地方。自然是有些人围观的，如韵听见耳边叽叽喳喳地没断过议论。她不止一次想揭开盖头偷看几眼，朱甲长总是安慰她说："马上就到，马上就到。"如韵知道现在她只能听从朱甲长的摆布。在一片"到了，到了"的欢迎声中，如韵意识到自己被搀进了一间大房子。朱甲长说："你先坐着不动，我去去就来。"如韵坐了下来，门叽咔一声关上了。

说话声越来越远，很长时间过去了，外面一点动静都没有。到了太阳快要落山的时候，一个丫鬟模样的姑娘送了些饭菜进来。如韵有些忍不住，问朱甲长到哪里去了，那丫鬟瞪大着眼睛，看着如韵，露出两颗极大的虎牙，扑哧一声笑了。笑着，又有些不好意思，掉头就走，依然将门关上。如韵走到门口，发现那门已经从外面锁上了，想出去也出不了。这时候，她终于意识到一些不对劲，走到窗口，往外面看。外面是个院子，院子前面是墙，是房子。一道斜阳从西面照过来，将树枝的影子映在墙上。

一头又肥又大的公狗跑进院子，如韵对着院子喊了一声，那狗听见了生人的声音，好一阵狂吠。如韵吓得连连后退，那狗不饶人地叫着，如此一直僵持到天黑。如韵在房间里不敢发出任何声音，一有声响那狗就叫个不歇。到了该睡觉的时候，门咔吱一声开了，一个瘦瘦的留着山羊胡子的老人，由丫鬟陪着，走了进来。丫鬟将油灯放在梳妆台上，犹豫着不知干什么好，那老人威严地摆了摆手，示意丫鬟出去。如韵说不出的奇怪，连声问朱甲长哪里去了。老人笑着说，朱甲长早回去了。如韵点点头。她看了看那老人的脸，看那模样大约六十多岁，身体似乎很不错。他不停地拈着山羊胡子微笑，像看什么稀罕之物似的看着如韵，如韵让他看得有些不好意思。

　　如韵等老人说话，她不知道他会说些什么，更不知道天都黑了，他跑到她的房间里来干什么。毫无疑问，老人就是这家的主人了，如韵想自己既然是在人家家里做客，自然应该有所敷衍。老人拈了半天胡子，在床沿上坐下，用极重的乡音说："我这么一把年纪了，想不到还有如此艳福。"如韵先是没听明白他的话，待明白过来，腾地一下站了起来，仿佛遭了电击一样。老人接着说："不会让你委屈的，我知道你是个女学生，你放心，这就叫人去给你弄些书来看。都说我命里还会有子，你若是为我生了儿子，你想想——你要是不愿意，生了儿子，你走人好了……"老人看见如韵一把抢过桌子上放的茶杯，直直地指着他，吓得结巴起来，"你，你不要这样！"

"你出去！"如韵面红耳赤。老人没想到会是这结局，狼狈不堪。如韵气急败坏地说："你给我滚出去！"老人结结巴巴地说："你怎么这么说话？我可是花了钱的，又不是白占你的便宜。"如韵仍然大声叫他出去，老人觉得这样僵持下去，有辱自己的尊严，悻悻地说："又没人强迫你，你发这么大的火干什么？"说了，摔门出去。如韵追过去将门从里面闩好，心里怦怦乱跳，坐在油灯下，半天喘不过气来。

这一夜如韵没敢合眼，天亮了以后，一个女人进来劝她吃早饭。这女人是老人的老婆姚氏，因为是小老婆扶正的，年龄看上去大约四十岁光景。从这女人嘴里，如韵才知道自己被朱甲长卖给了老人做小老婆。老人有过一个儿子，儿子快成家时，得了一场怪病，说不行就不行了。老人又讨了个小老婆，努力了许多年，没任何结果。这姚氏扶为正室以后，自己不生，前后张罗着给老人找过好几个女人借腹生子，也一样没戏。这次引如韵进门，算是最后一次尝试了。她推心置腹地对如韵说："你也就委屈一下算了，赶明儿真生出儿子来，这家里还不是你做主。你就当我是你的一个老姐姐好了，要是你觉得自己是一个城里人，不肯在乡下吃苦，到时候把儿子留下，你走你的。"

如韵不得不告诉姚氏自己是什么人。姚氏听到一半，说："我知道日本人要抓你，要不然，你怎么肯走这条路。"如韵说："实话告诉你，我不仅是新四军，我还是李怒的老婆。新四军的李怒你们难道会不知道吗？"姚氏一听李怒的名字，脸唰地一下吓白了。

3

如韵在关键的时候，搬出了李怒，果然起了大作用。姚氏连忙去向老人汇报，老人听了，也觉得这事有些麻烦，恶狠狠地大骂朱甲长害人。立刻派人去喊朱甲长来。去喊的人已经在路上了，姚氏又过来看望如韵，不住地解释，嘀嘀咕咕骂朱甲长不是东西，希望如韵不要因此怨恨他们，要怪只能怪朱甲长丧尽天良。如韵松了一口气，宽宏大量地说，这事当然不能怪他们。又说，等新四军回来以后，绝饶不了朱甲长。

朱甲长几句话就把前去喊他的人打发走了。他也是才听说如韵是李怒的老婆，冷笑着对来人说："回去告诉你们东家，让他好好想想，不要听见打雷就当着下雨，若真是李怒的老婆，他老人家敢要，我也没胆子敢在中间介绍。"来人说，既然如此，麻烦他辛苦走一趟，自己去对东家说说清楚。朱甲长说："还要说什么清楚，她说是李怒的老婆，难道就是李怒的老婆，吓唬谁呀？"这朱甲长是最滑头不过的人，事情已经到了这一步，知道伸头是一刀，缩头也是一刀。不管如韵究竟是不是李怒的老婆，朱甲长知道眼下最好的办法，就是躲着不见如韵。日后真有什么事，他可以全部推到人家头上。

朱甲长的一口否认，害得已花了钱的老人进退两难。本来这事都是他老婆姚氏张罗的，因此只好埋怨她。姚氏好心办坏事，摇着一双小脚，风尘仆仆又去找朱甲长，想把付的钱讨回来。朱甲长说："这事也太滑稽了，人都进了你家的门，这又不比买东西，可以退货。"姚氏说："话不能这么说，人是进了我们家的门，可谁也没把她怎么样。"朱甲长说："怎么样我如何知道？这事根本说不清楚，好比你说我拿了钱了，谁看见了？你拿出字据来。"姚氏见朱甲长已近乎耍无赖，拿他毫无办法。朱甲长又说："反正人是交给你了，真有个什么事，你们负责。"

姚氏回到家，一肚子委屈，既心疼那钱，又要继续接受男人的责怪。老人空高兴了一场，比姚氏更心疼那钱，牛鞭之类的壮阳之物已吃了不少，一肚子的恼火，只好拿姚氏撒气，眼睛里只要见到她，便是恶骂。姚氏只要一回嘴，大嘴巴子就不客气地扇上去。姚氏被打急了，把仇就结到如韵身上，她仿佛突然想明白了，什么李怒的老婆，也许压根就是朱甲长和如韵串通好的。大名鼎鼎的李怒的老婆，说什么也不会糊涂得让人给卖掉都不知道。而且真要是的，朱甲长如何敢卖呢？

如韵渐渐地听明白了姚氏的意思。姚氏先只是背后骂骂，后来的声音故意大起来，存心让如韵听见。虎落平阳遭犬欺，如韵只好装着听不见，装着听不明白姚氏的意思，一个人躲在房间里偷偷抹眼泪。姚氏越说越来劲，越说越肆无忌惮。有时候让老人打急了，便跳着脚喊："你个没有用的老畜生，你不敢日她怪我呀。不要说不是什么李怒的老婆，就算是的，你是花了钱明媒正娶的，他李怒能割掉你的鸡巴？"

4

如韵做梦也不会想到自己会被转卖。新四军的主力部队，并没有像预料的那样，很快就打回来，相反，能传来的全是不利的消息。更糟糕的是，她发现自己真的是怀孕了，怀孕反应立刻引起了姚氏的注意。姚氏像捉到了什么把柄一样，对男人大叫："好哇，还想借腹生子呢，她倒好，先借个地方下蛋，不知怀的什么野种。"老人让姚氏这么一提醒，想到孩子一生下来，什么事都说不清楚。他多少年来，一直盼着有个继承人，现在要是让如韵在自己家里生出小孩来，家产说不定莫名其妙地就会被人夺走。这女人很可能就是冲着他的家产来的。

老人一不做二不休，干脆找来了自己的佃户王呆子，对他说，他只要出一半价钱，就把如韵转给他。王呆子是个反应略有些迟钝的光棍，并不是真的痴呆。他娘一直惦记着要给他娶媳妇，因为太穷了，只能老是想着。王呆子做梦都想娶老婆，口吃着说："一半价钱是多少？"姚氏说了一个数，王呆子说："太多了。"姚氏咬着牙说："那就三分之一。"王呆子想了想，说："我回去跟我娘商量。"姚氏说："王呆子，你真是呆子，是你娶媳妇，又不是你娘娶媳妇，还要她同意。这样吧，有多少拿多少，实在不够，先欠着。"

王呆子回去和娘说了，王大娘不相信有这样的好事，怕儿子叫人骗了，去张大户家见了人，把多年积攒的钱全拿出来，又向穷亲戚挪借了一点，欢欢喜喜给儿子娶媳妇。王呆子说不出的高兴，换了一身干净衣服便去接人。姚氏见了王呆子，连连摇头说："回去喊你娘来接媳妇，你呆头呆脑的，你媳妇见了准会不乐意。"王呆子傻呵呵地回去唤他娘去了。

如韵对这一切都蒙在鼓里，姚氏对她的态度好好坏坏，她知道此地不是久留之地，可是现在人生地不熟，一出去就会被抓起来，她也只能赖在这家里不走。心里恨那朱甲长不是东西，想见他当面质问，姚氏说："我们现在都不知道到哪里去找他的人影，你想见，腿在你自己身上，我们又不拦你，只管去好了。"如韵问起外面的情况，姚氏告诉她新四军早不知跑哪去了，又告诉她前两天伪军还到这庄子里歇过脚，捉了几只鸡走了。姚氏说："你在乎什么，担心的是我们，你反正姑奶奶似的吃着现成的，说起来，是我们家窝藏新四军。"

老人是全庄最有钱的人家，一村子都是穷人，就他家有一溜大瓦房，瓦房的窗户上装着防匪的铁栏杆。前后两进房子组成了一个院子，如韵有时候就在那院子里晒晒太阳，一听见有生人的声音，赶快贼似的逃回自己的房间。她和主人家养的那条狗已经熟悉起来，实在闲得无聊，便和狗逗着玩。王大娘来领她的时候，她正在抚狗的脑袋，那狗就喜欢有人抚它的脑袋。姚氏领着王大娘走到如韵面前，将嘴凑在她耳边，神秘兮兮地说：

"有人去告发了，说我们家藏着人，乡里说派人就派人来捉你。我们也怕，先给你找了个地方躲一躲。"如韵见来接她的是一个老实巴交的老太太，面很善的样子，没有起任何疑心，收拾收拾东西跟着一起走了。

　　来到自家的破茅草房，王大娘不好意思地对如韵说，家里的条件不太好，委屈她了。如韵说她不在乎，自从进入解放区，农村的一切脏乱差环境她都适应了，什么虱子，什么几个月不洗澡，习惯成自然，她已经不在乎。进到房子里，她才明白站在空场上看着她过来的一个年轻男人，也是这家的，因为那男人傻乎乎地跟了进来，眼睛不时地偷看她。如韵友好地对他笑笑，那男人便乐呵呵地笑出声来。王大娘对那男人说："别傻站在这，找点活干干去。"那男人瓮声瓮气地说："干什么？"

　　"干什么，自己不会找呀，"王大娘笑着对如韵说，"我这儿子，人是老实，就是有点呆。"

如韵笑着不说话，她看见王大娘的儿子走到门口，捧起一个老大的竹匾，竹匾里晒着山芋干，好像一时不知该往哪里放。满满的一大竹匾山芋干，他捧在手上根本不觉得重。如韵注意到他长得很结实，熊腰虎背，仿佛有一身用不完的力气。他不时地回头看她，呆笑着看她，结果还是王大娘赶出去，指了个地方，让儿子将匾放在那里。

到晚上睡觉时，如韵想她自然是和王大娘睡一间房间，没想到王大娘安排她先上了床，自己走了出去，却换了她儿子进来。

5

王呆子听说自己上了当以后，产生的第一个念头，便是冲出去抢了一把镢头进来，嚷着要把如韵活活劈死。王大娘闻声赶了进来，一把抱住儿子。王呆子力气

重彩的雨季之一　　/　2009年　/　180cm×145cm

重彩的雨季之二 / 2011年 / 180cm×140cm

大，用劲将老娘掀开，愣头愣脑地还要动蛮，王大娘见势不妙，扑过去，用身子挡住了如韵。王呆子镢头举起来，要往下落，听见他娘说："你这个畜生，要劈，你就先劈死我好了。有什么话不能慢慢说？"王呆子一急就要结巴，半天说不出话来，将镢头往地上一摔，指着如韵，要如韵自己说。

如韵早吓得魂飞魄散，好不容易哇地一声哭出来。王大娘说："好闺女不要怕，有娘我给你做主，你慢慢说。"如韵只是一味地哭，王呆子喘了一会儿粗气，咬牙切齿地说："她是什么东西，肚子都让人日大了，还嫁给我做媳妇。我不要她了，让她把钱都还出来。"王大娘听了，双手在床板上一拍，失声哭起来，大喊自己前世造了什么孽，今世却得到这样的报应。王呆子看他娘哭成这样，劝慰说："娘，你不哭，我就要她把钱都还出来，少一点点，饶不了她的。"说着，又恶狠狠地威胁如韵。

王大娘哭了一气，叹气说："我早知道这事有些不对头，要不然，你这么漂亮的女人家，怎么肯嫁给我儿子呢？"

如韵想她有一百张嘴，也没办法解释清楚。王大娘想想又要哭，一边哭一边嘀咕，说自己儿子就算是穷，就算是呆，也不能这么欺负他。王呆子不耐烦了，对娘说："你跟她废什么话，惹急了我，我劈死她。钱我也不要了，媳妇我也不要了。"王大娘说："你一口一个劈死她，劈死她，干脆劈死我算了。都到了这一步，你劈死她有什么用？"王呆子叫他娘一训斥，跳脚说："那怎么办，那你说怎么办？"

一直闹到半夜里，大家都冷静下来。王大娘对如韵说："好闺女，我也知道这事不能全怪你。有什么事，明天再说吧。"于是王大娘和如韵睡，王呆子睡外头去。如韵还要解释，王大娘不让她再说。吹熄了灯，大家仍然睡不着，各人想着各人的心思。王大娘已躺下了，又

摸黑起来，找了根细麻绳将门闩死死缠住，怕自己一不留神真睡着了，让如韵跑了。王呆子躺在外面床上唉声叹气，不停地翻身，床板震得嘭嘭直响。

第二天，王大娘把儿子拉到一边，低声对儿子说："娃，你就认命吧，咱家这么穷，能有个女人就蛮好了，让她把娃娃生下来，咱譬如娶了个寡妇不就行了？"王呆子不作声，隔了半天，说："那咱钱就白花了？"王大娘想儿子真有些呆，说："你实在是不懂事，怎么叫白花呢？看紧了她，不让她跑了不就行了？"她做完了儿子的工作，又去说服如韵，她对如韵说，事情既然都到了这一步，什么话也不要说了，先把肚子里的小孩平平安安地生下来。如韵想自己现在只有让人摆布的份，只好点头答应。

这以后，如韵不止一次想到过要跑。她的肚子一天天大起来，外面的风声依然很紧，敌伪不仅占据了这地区，而且为了巩固所谓清乡成果，在这一带建立了伪政

府。到处都是新设的哨卡，王大娘曾带着她去赶过一次
集，周围的人都知道她是王呆子娶的媳妇，是花钱买来
的。想逃跑几乎是不可能，王呆子母子像影子似的看着
她。如韵不是一个有主见的人，她只能徒劳地作出种种
设想，没一个设想能正式付诸行动。

6

到了如韵的肚子快六个月的时候，她已经完全放弃
了逃跑的打算。挺着的肚子使她感到一种莫名其妙的安
全。她觉得自己大腹便便的样子，王呆子不会把她怎么
样。刚开始，她总是见王呆子怕，既怕他恶狠狠的目
光，又害怕他那带点欲望幻想的眼神。渐渐地，她觉得
自己已经不是太怕他了。她为什么要怕他呢。如韵想到
了最初想买她的老人，想到了老人和姚氏听说她是李怒
的老婆以后惊恐的目光。如韵想自己是大名鼎鼎的李怒

的女人，她的肚子里怀着李怒的儿子，没人敢真的伤害她。李怒骑着白马来和她相会的情景，无数遍地重复出现在她的脑子里。担惊受怕的日子也许该到头了，如韵是多么地盼着李怒能够带着人马打回来。

五月里的一天，天气忽然热起来。王大娘要去镇上买粽叶，准备回来包粽子，临走时，关照儿子，别让如韵一不留神跑了。王呆子说："她那么大的肚子，往哪里跑。"他娘没注意到儿子异常的慌张，说："不管肚子大不大，小心一点好。"王呆子心猿意马，先是不吭声，隔了一会儿，见他娘还不走，说："烦死了，你去好了。"

王大娘前脚走，王呆子后脚便跑到了如韵的房间里。如韵正坐在床沿上，用旧布料做针线，打算做几套小孩衣服。她不知道王呆子来有什么事，敷衍地对他笑了笑。王呆子进来了也不说话，板着脸，看如韵手上做的衣服。看了一会儿，如韵说："你坐。"王呆子仍然不

作声。如韵继续做她的针线，没注意到王呆子已经走到她的身边，他突然十分粗暴地一把揪住了如韵的头发。

霎时间，如韵没有明白过来是怎么一回事，她"啊"的一声，只是出于本能地用手上的针，在王呆子身上用劲扎了一下，王呆子猛地一哆嗦，把如韵的脸向后翻，迫使她朝天躺在床上。如韵用针继续往王呆子身上扎，王呆子对那针似乎已没什么反应。他好像仅仅是因为不耐烦，才抓住了如韵的一只手，然后又去抢另一只手。待抓住了两只手以后，他把它们并在一起，用自己的一只手死死捏住，往边上一按，固定在了床板上。如韵大声叫起来，王呆子一慌张，差一点让她挣脱。他手忙脚乱地重新把如韵的两只手按住，又捡起撒在一边的破布料，不管三七二十一地往如韵的嘴里塞。

在王呆子解开如韵裤带的时候，如韵的两只手终于挣脱开了一次。她抓起手边的针线匾往王呆子的脸上拼命打。一把剪刀从针线匾里飞了出来，如韵扔了针线

匾，伸手去够那剪刀。然而就在这关键时刻，王呆子又重新抓住了她的两只手。如韵想抬腿踢他，可是两条腿都让王呆子的膝盖抵住了。混乱之中，她看见王呆子傻笑着露出的一口黄牙，以及脸上划破的血痕，一道细细的血线正像红蚯蚓一样在他脸上游着。如韵已经尽了最大的努力，但是她的裤子已被扯开，王呆子粗糙的手迫不及待地按在了她凸起的肚子上，仿佛怕伤着她似的轻轻摸着，摸了一会儿，顺着那凸起的曲线滑了下去。

王大娘买了粽叶从镇上回来，一切已经结束。如韵在房间里号啕大哭，王大娘闻声奔进房去，干了坏事的王呆子早就逃之夭夭。到晚上，王呆子蹑手蹑脚从外面摸回来准备上床睡觉，他娘舞着一把扫帚，劈头盖脸地往儿子身上狠抽猛打，打了一气，哭着说："小祖宗，你这不是要闹出人命来吗？"

王呆子瓮声瓮气地说："我日也日了，你打也打了，还要怎么样？"

王大娘见儿子嘴还凶，挥舞着扫帚，劈头盖脸又是一阵狠抽猛打。王呆子结实的身板对这些根本不在乎，打到后来，让他娘打火起来，一把夺过扫帚，使劲一折，扔到了地上。王大娘没别的招，干脆放声大哭，一把鼻涕一把眼泪，一边咒骂，一边诉说自己命苦。王呆子由她去闹，钻到床上去想睡觉。王大娘折腾到临了，见儿子躺在那里没一点动静，好像已经睡着了，叹着气说："非要这么心急，等她生了娃娃都不行？"

王呆子用被子捂着耳朵说："好了好了，我知道了。"

王大娘见儿子没睡着，威胁说："你要是敢再碰她一下，娘这条老命也不要了。"

7

如韵生产的时候，正是酷热的夏天，请了村子东头的古大娘来帮着接生。羊水破了以后，那小孩子的头也能看见了，就是不肯出来。如韵杀猪一般死命叫唤，古大娘忙得浑身是汗，就好像是刚从水里爬出来一样。她喘着气喊王呆子进来帮忙，让王呆子从后面紧紧抱住如韵。如韵有气无力地喊王呆子出去，古大娘说："操，自己家男人你还有什么不好意思的。"

又是一阵强烈的阵痛，王呆子抱住了如韵，如韵身不由己地用起劲来。她这一用劲，古大娘连声喊好。

如韵生了一个儿子。随着刺耳的婴儿啼声，所有的人都跟着长长地松了一口气。古大娘向王呆子祝贺，祝贺他有了一个儿子。王呆子傻呵呵笑着，眼睛直直地看着那小孩。古大娘看看小孩的脸，说："你不要傻笑，你儿子比你漂亮。"王呆子笑得更厉害，他的嘴本来就合不拢，这一笑，嘴更大了。

月子里，王呆子母子像照顾皇后娘娘一样侍候着如韵。如韵发现王呆子人并不坏，他是真心地喜欢那刚出世的小孩，没事的时候，他老是徒劳地逗那毫无反应的小孩玩。小孩哭了，小孩睡着了，小孩天真地笑起来，都能引起他无穷的兴趣。他仿佛把对如韵的欲望，都转移到了刚出世的小孩身上，成天注意着小孩的一举一动。自从发生了那件事以后，如韵对王呆子又恨又怕。她的身上始终揣着一把剪刀，她发誓如果王呆子敢再一次图谋不轨，她就和他拼命。自己竟然被王呆子这样的乡巴佬糟蹋了，如韵一想到就揪心。她觉得自己还不如叫敌人抓去好呢。

月子刚过完，王呆子便又开始纠缠她了。王大娘只装着没看见，如韵用剪刀威胁王呆子，王呆子气急败坏地说："你是我花钱买来的老婆，这儿子我都当他是亲生的，你还要我怎么样？"如韵不依，王呆子怕她真的寻死觅活，不敢霸王硬上弓再次蛮干，只好气得摔东西骂人撒野。王大娘也劝如韵，劝了没用，就说气话："进了一家门，就是一家人，真是如此嫌弃我儿子，你就一剪刀捅死他好了。我们娘俩什么地方亏待过你了？不计较你的过去，你倒反过来看不起我们。"

如韵说："我是有男人的人。"

王大娘气呼呼地说："有男人，你还到我们家来干什么？"

如韵说："钱到时候我还给你们，让你儿子重新再娶一个媳妇。"

王大娘说："不要说了，我知道你就是看不上我儿子。"

好说歹说，说不到一起去。王呆子一不做，二不休，干脆堂而皇之地搬到了如韵的床上去睡觉。到晚上，小孩咿里哇啦地哭，王呆子从床上爬起来，抱着小孩在房间里走来走去，好不容易将小孩哄着。刚放上床板，又醒了，于是再抱着来回走，来回晃。反反复复了许多次，最后小孩终于困了，王呆子也哈欠连天，一头栽在床板上睡着了。如韵抱着剪刀一夜没合眼，到天亮，王大娘高高兴兴跑进来，喊王呆子干活去。

第四章

1

抗战胜利的那一年，有一个文工团在王家埭演戏。王大娘有个妹妹就嫁在王家埭，她老人家喜欢看热闹，带着儿子媳妇还有孙子，浩浩荡荡一起住到妹妹家去。这一年，如韵的儿子王忠宝已经会走路，一撒手就满地乱跑。王大娘的妹妹羡慕外甥娶了一个漂亮媳妇，又有了个神气的儿子，连声说他呆人有呆福。王呆子还是改不掉乐呵傻笑的毛病，笑着笑着，口水便淌下来。

如韵混在人群里看戏，她的心情很矛盾，在这喜气洋洋的日子里，她不能不想起自己初到解放区的日子，她不能不想起李怒。现在谁都知道她是王呆子的媳妇，她确实也就是了，她觉得自己再也没脸见李怒。她不想因为自己，给李怒光辉的形象抹上黑影。临时搭起的舞台上正演着戏，如韵无心看戏，眼泪止不住地就流下来。她的手上还抱着儿子忠宝，害怕让别人见到她在哭，便不住地往忠宝的衣服上抹。王呆子怕她抱着累，将忠宝一把夺了过去，让他骑在自己的脖子上看戏。人群挤过来，挤过去，像波浪一样起伏，如韵趁别人不注意，从人群中挤了出来。

新四军的一个师部就驻扎在王家埭。如韵怕在这次天喜地的日子里遇到李怒，专检人少的地方走，突然发现自己竟然找不到去王呆子阿姨家的路。人们都拥去看戏了，街上稀稀落落见不到什么人，见到的都是当兵的。这样的场面如韵曾经很熟悉，她仿佛是在做梦，情不自禁地往前走去。迎面过来几个头发湿漉漉的女兵，手上端着一盒换洗下来的衣服。如韵一看就知道她们是刚洗了澡出来，其中一个女兵叽叽喳喳地正说着什么，女兵的眼睛无意中扫了一眼村妇打扮的如韵，不当回事地从如韵身边走过去。

如韵突然意识到自己的身体很脏，她已经记不清多少时候没有洗过澡了。记得刚到解放区的时候，如韵和张苹多次向琼瑶抱怨没有澡洗，说身上早就发臭了。好不容易有机会洗澡，她们有说有笑，毫不害羞地互相替对方搓着身上的污垢。洗澡永远是个大问题，有澡洗是女兵们的节日，这样的机会实在来之不易。如韵忍不住想象着一盆清水从头上泼下来的滋味。要是能有一盆清水把那些不堪回首的往事都冲洗干净多好。

如韵不知不觉地已走到离临时搭建的浴室不远的地方。门前竖着好几口大锅，几位当兵的正在劈柴烧热水，三个年轻的女兵端着搪瓷脸盆在等水。如韵茫然地看着眼前的情景，这熟悉的场景，完全是旧日时光的重现。她像根木桩一样竖在那。一位烧水的士兵向如韵走过来，他大约是过来取柴的。如韵发现那当兵的有一双她十分熟悉的眼睛。当兵的抱起一捆柴禾，转过身去，又缓缓回过头来，不敢相信自己眼睛似的看着如韵。如韵听见他完全是试探地喊了一声"如韵"，那声音绝对的轻盈，好像是害怕认错了人。

正在烧热水的士兵是飞卿。如韵犹豫了一下，扭头就走。这是她做梦也不会想到的事情。那士兵确确实实就是飞卿。自从飞卿和张苹一起去了文工团以后，她就没有见过他。天底下真会有这么巧的事。如韵心慌意乱地跑出去了一截，飞卿将手中的柴禾往旁边一扔，追了上来。如韵一边走，眼泪已经哗哗地流下来了。飞卿追到了她身边。如韵哭着说："你追我干什么，我不认识你。"

飞卿说："如韵，我的老天爷，你怎么在这里？"

如韵脚下仍然不停。

飞卿仍然在后面追，十分悲哀地喊着："如韵，我是飞卿！"

2

　　如韵在前面走，飞卿在后面追，他们的举动已经要
引起别人的注意。如韵停了下来，有些心慌地往周围
看。幸好是在人生地不熟的王家垛，没有什么人认识
他们。如韵说："你不要追我，人家都看着呢！"飞卿不
依不饶地追问："看着就看着吧。如韵你告诉我，这到
底是怎么回事？你怎么跑到这儿来了，怎么会是这样
子？"如韵发现不远处一个女人正瞪大着眼睛看她，她
看着有些眼熟，突然记起曾在王呆子的阿姨家见过这个
人。那个女人见了如韵的目光，连忙把头掉开，隔了一
会儿，又回过头来，见如韵还在看她，傻笑着离去了。

　　王家垛是一个大镇子。因为驻扎着新四军的师部，
加上正在演戏，到处都是人。人一下子又多了起来，显
然是戏散场了。如韵心头咚咚直响，好像揣了一面小

鼓,她果断地抹了抹眼泪,说:"飞卿,许多话,一时也说不清楚的,太阳落山的时候,你到村头的那片小树林里等我。"说完匆匆就走,她害怕认识的人看见了,会去告诉王呆子。

乡下人都喜欢热闹,王呆子的阿姨家还住着别的亲戚。在一栋瓦房前面,如韵首先遇到的,是那些亲戚,紧接着又遇到了看戏归来的王呆子。王呆子的脖子上还扛着如韵的儿子。王呆子见了如韵,瓮声瓮气地问她跑哪去了,害得娘到处找她。如韵只当没听见,伸出手去,要把儿子抱下来。儿子觉得还是骑在王呆子的脖子上有意思,闹着不肯下来。如韵只好由他去。这时候,王大娘摇着一双小脚也到了,如韵装着和儿子说话,故意不看她。王大娘见媳妇好好的,也没什么话说。

太阳落山的时候,如韵来到了村头的小树林。她好不容易才找了个借口溜出来。飞卿已经到了,他身影单薄地站在斜阳里,一副潦倒落魄的样子。如韵想不明白，一向风流倜傥的飞卿怎么也会变成这模样。看见了如韵，飞卿迫不及待地向她迎过来。他关切地看着如韵，一下子仿佛有许多话要问。如韵不知道自己的故事应该从何说起，她看着飞卿，恍如隔世。究竟如何对飞卿说，说了飞卿恐怕也不会相信。

飞卿想不明白如韵如何也会落到这种地步。他早就听说如韵嫁给了大名鼎鼎的李怒。两人都想知道对方的事，都不肯谈论自己。飞卿见如韵不说自己的事，叹气说："如韵，我混到了这一步，反正是没脸见人了。不像人家张苹，现在可是大红大紫，是剧团的大明星。"如韵勉强笑着说："我听说你们不是结婚了吗？"飞卿哑然，半晌才说："她怎么会看上我？"如韵知道飞卿的话里面藏着什么故事，过去张苹一直在追着飞卿。张苹争着要去文工团，也完全是为了飞卿的缘故。如韵不敢想象，时过境迁，从未演过戏的张苹现在反而成了明星。如韵记得张苹确实写信说过，说她就要和飞卿结婚。

红色的夕阳像血一样，天正在黑下来，飞卿看着村妇打扮的如韵，说："我知道你不是和那个叫李怒的结了婚——"

如韵很轻易地就把这个话题扯开了。她不想在这时候提到李怒。大家都吞吞吐吐地说着话，像交代问题一样小心翼翼谈论自己。飞卿羞羞答答地说起自己犯了些小错误，说不过是看上了别的女孩子，后来又对一位首长年轻的妻子有了些好感。他说张苹当然不会再喜欢他，在革命队伍里，谁也不喜欢一个犯生活错误的人。他说自己眼下正在接受改造和锻炼，但是他以后再也不想回文工团去，他已经明白自己不会是个好演员。

天完全黑了，借着黑暗的掩护，如韵也简短地说起了自己的遭遇，太简短了，简短得让人都没办法明白。说完了，她恳切地问："飞卿，你能不能帮着我从这逃走？"

3

　　如韵从王呆子家逃走，并没有什么惊险可言。飞卿第二天正好要去县城购货，说好了在码头见面。如韵的儿子是山里的小孩，没见过船，成天闹着要到河边去看船。王家垛码头是全镇最热闹的地方，王呆子的阿姨家聚集了许多亲戚，如韵借口人多了太嘈杂，抱着儿子去了码头。王呆子不放心，也要跟着一起去。如韵怕他疑心，也不拒绝。码头上，许多小船都在拉客，因为这一带是水乡，人们去什么地方，都习惯以小船代步。和战时不一样，现在的船主尤其喜欢和军人做生意。如韵到码头的时候，飞卿已经雇了两条小船在那等她。

　　码头上很乱。如韵若无其事地看着热闹，飞卿屡屡向她做手势，她只当没有看见。王呆子毫无警惕地站在她身边，他做梦也不会想到马上就要和如韵在此告别。

这位浑身有着用不完力气的乡下人，自从成为如韵的丈夫以后，一改过去懒惰的坏毛病，变得出奇的勤快。他的脑子里似乎还绷着一根弦，那就是漂亮的老婆弄不好就会跑走。可惜他的这根弦绷得还不够紧。码头上，人来人往，王呆子不会想到如韵将在他眼皮底下溜之大吉。

飞卿对如韵做了一个手势，坐着那条小船先走了，如韵凑在王呆子耳边，让他去小店里为儿子买几粒糖。在王呆子离开的一瞬间，如韵抱着儿子，以最快的速度上了留在那里的另一条小船。飞卿显然是和船主说好的，如韵摇摇晃晃刚上船，那小船便箭一般地冲了出去。王呆子买了糖回来，找不到如韵和小孩，傻乎乎地到处看，等他看到船上的如韵，那小船已驶出去了很远。王呆子急得在岸上跳脚，语无伦次地喊着。待别人明白过来他是跑了老婆，如韵的小船已经没有踪影。

如韵没有去想王呆子会不会找了船追上来。她心里很平静，她镇定自若的样子，使得船主根本就没有疑心发生在码头上的混乱，和自己的这条船有什么联系。河网四通八达，水面上来来往往的船很多，如韵坐在船上，十分木然地想着王呆子的一些好处。他自然是喜欢她的，作为一个土头土脑的乡下人，王呆子能娶上如韵这样漂亮的城里女人，用王大娘的话来说，实在是前世修的福分。如韵不愿去想人财两空的王呆子母子如今会怎么样，她懒得去想这样的问题。她和他们之间的关系，非常轻易地就可以割断。如韵知道自己现在所以这么匆匆出逃，绝对不仅仅是因为想离开王呆子。如果仅仅是想离开王呆子，她早就可以逃走了，根本不需要等到今天。

小船拐了一个弯，向东南方向驶去。这是个阳光灿烂的日子，战争的阴影已经消失，到处一派和平气象。船主是个年龄不大的后生，搭讪着想和如韵说上几句话，见她不太乐意理睬自己，便自顾自地唱起了当地船民爱唱的小曲。这种小曲都是带些色情意味的情歌，船主自得其乐地唱着。如韵的儿子出奇的乖巧，他瞪大着眼睛听船主唱歌。

船主扯足了嗓子唱着，如韵无意中发现飞卿坐的船，正在前面不远处慢慢吞吞行驶着。飞卿探头探脑地不住往如韵的这条船看，他显然也发现了她。如韵奇怪飞卿为什么不让自己的船停下来等她，而且从表情看，他似乎也不想招呼她。他尽量装着若无其事的样子，可是一眼看上去就有些鬼鬼祟祟。如韵想也许是飞卿穿着制服的缘故，一个军人和一个抱着小孩的女人在一起，别人看了可能会生出拐带良家妇女的疑问。

如韵坐的这条小船渐渐赶上了飞卿的那条船。河道很宽，两条小船并驾齐驱。既然飞卿装着不认识如韵，如韵也不便和他招呼。倒是两位船主没有禁忌地说起话来，插科打诨说着荤话。两位船主心里都觉得奇怪，两位客人显然是一起的，干吗硬装出不认识的样子。

4

　　船在一个有座古塔的小镇停了下来，飞卿跳下船来，付了两条船的钱。船主接了钱，不住地偷眼看如韵。如韵抱着儿子，毫无表情地站在码头上，看着飞卿付钱。飞卿付完了钱，走到如韵身边，轻声地招呼她跟着他走。他神秘兮兮的举动，让如韵感到不自在。穿着制服的飞卿自顾自地在前面走着，如韵犹豫了一下，抱着儿子跟了上去。走出去了一截，如韵猛地回头，发现那两名船主正冲着她和飞卿的背影说着什么。

　　虽然是穿着制服，飞卿仍然没有个当兵的样子。他急匆匆地在前面走着，不时地回头看如韵一眼，看她是否跟着自己。他们走到了街上，路过一家裁缝店，飞卿迫不及待地一头扎了进去。如韵没有跟进去，她就站在门口，看着里面正和裁缝说话的飞卿。飞卿向裁缝买了一件长衫，又买了条西式的裤子，立马就在裁缝店里对着镜子把衣服换了，一边换，一边回过头来，对站在门外的如韵笑了笑。

从裁缝店里出来，飞卿的精神面貌已经完全变了。他把脱下来的制服，卷成一团，很潇洒地扔进裁缝店。走到如韵面前的时候，他原先的那种鬼鬼祟祟的神情再也不复存在。他笑着逗了逗如韵手上的儿子，说这下好了，再也不怕别人看出什么破绽来。如韵问他怕看出什么破绽。飞卿一路走，一路神秘地笑着，走到无人处，停下来，油腔滑调地说："当了逃兵，这还不是破绽。"如韵怔了怔，飞卿继续说："我早就想跑了，要不是这次为了救你脱离虎口，还下不了这个决心。"如韵又一怔，她终于明白自己原来只是希望飞卿帮助她逃走，现在的事实是，她的这一要求，真的让飞卿当了逃兵。

飞卿手上似乎很有些钱，他们找了一家馆子，美美地吃了一顿。如韵后来才知道这是飞卿带在身上准备替公家购物的一笔公款。上完馆子，飞卿又领着如韵去找住宿的地方，居然找到了一家叫作"美庐"的小旅馆。从外表看，就不像是个干净的地方，好在飞卿和如韵都是吃过一番苦头的人，也不太挑剔。两个打扮得花枝招展的妓女，好像是在故意斗气，当着如韵的面，堂而皇之地就拉飞卿的客，一边拉客，一边互相谩骂。飞卿躲躲闪闪的，很有些不好意思，最后还是旅馆老板走出来，轰跑了两个妓女才算完事。

　　如韵注意到飞卿只开了一个房间，旅馆老板拿着钥匙替他们开门，飞卿大大咧咧走了进去，满意地点点头。旅馆老板开了门，傻站在那等候吩咐，飞卿说："没你的事了，你去吧。"旅馆老板笑呵呵地不肯走，说："二位想吃些什么，我这就叫人准备去。"飞卿不客气地说："我们已经吃过了，你呢，该干什么，就干什么去。"旅馆老板讨了个没趣，赔着笑脸走了。如韵这时候已将儿子放到了地上，小家伙到了陌生的地方，有些认生，拉着如韵的裤子不敢离开一步。飞卿走到窗前，用力把窗子推开，回过头来，一本正经地说："今天好好歇歇，明天又得辛苦一天。"

天黑前，飞卿说是要到街上去走走，顺便再打听一下明日的行程。他出去以后，如韵叫伙计送热水来，十分认真地洗了洗。洗完了，又让伙计将竹壳的热水瓶灌满，以备飞卿回来使用。老式的竹壳热水瓶，让如韵感到一种久违的亲切。自从离开梅城以后，热水瓶竟成了稀罕之物，用热水都是随烧随用。记得过去在梅城读书时，常常嫌乡下来的女学生不爱干净，如今如韵已成了地地道道的土包子，因为她当年的女同学虽然来自农村，但都是有钱的地主家的千金，而她成了王呆子的老婆之后，和村妇已没有任何区别。

如韵住的房间在二楼，梳洗完了，如韵抱着儿子站在窗口，看着窗外的街道，百无聊赖地等待着飞卿的归来。夕阳下的街景很好看，仿佛都涂上了一层金黄的颜色。旅馆门前，那两个妓女徒劳地走来走去，守株待兔一样等着客人到来。伟大的抗日战争的胜利喜悦，在这座已经有些历史的古镇上，并没有什么特殊的表现。空荡荡的旅馆里，似乎也只有她和飞卿住的这个房间有人。刚住进这房间时，如韵就闻到这房间里有一股很不好闻的气味。那是一种夹杂着残存在空气中的脂粉气和臭鸡蛋的味道。联系到墙壁上画的那些淫乱不堪的字画，如韵立刻就明白那怪味是怎么一回事。

飞卿并没有立刻就回来，天说黑就黑下来。如韵点上了灯，她的儿子已经习惯了陌生，十分调皮地在两张小床上爬来爬去。无事可做的如韵便端着油灯去欣赏那些画在墙壁上的字画，全是非常色情的东西。其中最醒目的，是一幅用口红画的女人体，就只有中间的那一截，画得十分夸张，旁边有钢笔写的注解，大意是某某女士和日本人睡过觉，因此要画出来曝光。如韵不知道这某某女士是否就是楼下两名拉客的女士中的一位，一边看，一边苦笑。这时候，门外传来了脚步声，飞卿回来了。

如韵放了油灯，急忙去开门，飞卿抱了一大堆吃的东西在手上，一进门就说，明天的一切都安排妥了，他已经雇好了两顶轿子，没想到这里轿子这么便宜。如韵说："你跑哪去了，怎么到现在才回来？"飞卿很严肃地说："我没出去多少时间呀！"说了，突然笑起来，又有些轻薄地说："怎么，你怕我把你扔在这不管了，你想想看，我舍得吗？"如韵让他说得不好意思。飞卿也察觉到了，他若无其事地将吃的东西分给如韵母子，一边分，一边笑着说："真倒霉，进旅馆时，又碰到那两个妓女，这里的妓女真是厉害，一不留神，便被她们抢去了一包吃的东西。我看看，她们抢走的是什么？"如韵听了，忍不住笑起来。

飞卿洗脸的时候，如韵的儿子已经睡着。洗完了脸，飞卿又将洗脸水倒在脚盆里，再兑上一些热水瓶里的热水洗脚。如韵看着坐在床沿上洗脚的飞卿,他的影子印在墙壁上,黑黑的大大的,不时地动一下。两人无话可说,此时此景,同是天涯沦落人的孤男寡女,彼此都感到有些别扭。飞卿洗着脚,突然将头扭过来,一本正经地说,他所以安排两人住一个房间,完全是本着节约的原则。如韵听了,也不去戳穿他,因为飞卿一路上花钱一点也不像节约的样子。她只觉得飞卿这时候说这样的话,反而有些做贼心虚。飞卿自己也觉得这理由不能让如韵心服,在擦干脚的时候,笑着说,他如果是一个人开了一个房间,那两名妓女也就真的不会放过他了,"到时候,我想清白,怕是也清白不了。"

这一夜,如韵是和衣而睡的。她还是觉得那被子太脏,一股臭烘烘的味道直往鼻子里钻。飞卿只是和她调了几句情,并没有做出什么过分的举动。夜深人静,如韵有些睡不着。外面传来一阵阵狗吠,如韵忽然想到自己已经很久没听过夜里的狗叫声。不是她生活的地方不养狗，而是她已经习惯半夜里此起彼伏的狗吠。只有在不眠的夜晚里，人们才会用心地去听外面的动静。如韵想起了自己初到解放区的那几个晚上，她想到了凡事喜欢做主的琼瑶，想到了憨厚的老陈和善用心计的张苹。儿子的呼噜声在她耳边轻轻地响着，如韵情不自禁地用手去抚摸儿子，儿子突起的脑门，让如韵想起了她不愿想到的李怒。李怒是促使她逃离王呆子的最直接的原因。她害怕李怒会去找她，害怕李怒又一次找到自己。自从抗战结束，她一直在避免想起他。她实在不敢去回忆那些已消失的情景，她不敢又不能不回忆起逝去的往事，她和李怒初次在小河边相遇，她第一次被朱大姐提及婚事，有些尴尬和茫然的新婚之夜，骑着白马一次又一次的相会，有时候是她去，有时候是他来，白马在灰色的夜幕中驰骋着，嘚嘚的马蹄声划破了夜空。

第五章

1

如韵和飞卿几乎是沿着他们去解放区的原路返回梅城，一路都是庆祝抗战胜利的喜庆气氛。交通仍然很不方便，许多地方不通车，通车的地方，不是一天就一班车，就是干脆没完没了的晚点。好在飞卿身上的钱足够，到一个地方，先捡好旅馆住下，然后称心如意地吃一顿。飞卿又成了潇洒的公子哥儿，大把地花钱，眼睛都不眨一下。如韵有时候提醒他一声，飞卿说："用了再说，要不，这钱留着也没用。"

他们在一起出走的第二个晚上，睡到了一张床上。一切发生得都很自然，就好像他们已经是夫妻，就好像事前已经约定好了，飞卿没有施展阴谋诡计，如韵也没

岁月 ／ 2006年 ／ 180 cm × 95 cm

重彩的雨季之三 / 2013年 / 180cm × 145cm

有拼命抵抗，两人既不热烈也不冷淡地就把事情办好了。飞卿显然是这方面的老手，不该说的话，一句也没说。大家都意识到这样的事迟早会发生，晚发生，还不如早一些发生来得自然。如韵在事后流了半夜的眼泪，眼泪情不自禁地就淌下来，她想自己连王呆子那样的男人都接受了，还有什么理由拒绝飞卿。飞卿曾是第一个让她心动的男人，她当年跟着琼瑶去解放区，不能不说这里面没有为了飞卿的缘故。她如今和飞卿这样，只不过是绕路兜了一个大圈子。

不少过去的情景，在返回梅城的途中，又一次次再现。没有那么多的检问所和封锁线，可是当他们进入国统区时，仿佛又回到了战时状态。宪兵对解放区来的人反复盘问，甚至对如韵刚会走路的儿子也进行了搜身。国共之间的对立，并没有因为抗战胜利而消失，恰恰相反，一种潜在的剑拔弩张正在凸现出来。终于坐上了火车，如韵发现离她不远处坐着两位年轻的国军军官，穿着美式军服，卖弄地和邻座的两位年轻小姐说着笑话。如韵听不见他们在说什么，只听见那两个年轻小姐格咯咯笑个不停。两位年轻小姐打扮入时，细细的手指在空中舞着，嘴上抹着血红的胭脂，身上旗袍两侧的衩，开得要比如韵身上那件高出许多。飞卿的眼睛不时地盯着她们看，毕竟是离得远了些，要不然他早就和她们说上话了。飞卿对女孩子永远是特别地注意。

　　火车驶进梅城车站的时候，如韵有一种如入梦境的恍惚。她仿佛又见到了那些早已经消失了的场景。梅城火车站曾经是城市中最繁华的地段，如韵不由得想起了十多年前，女校的学生列队站在站台上，欢迎从"一·二八"淞沪战场上撤下来的伤员。那时候的如韵还是个小姑娘，她只记得自己跟着别人使劲地挥舞着彩色纸做成的小三角旗，不停地挥着，大声地喊着什么口号。火车站总是最能体现出时代特色的地方，如韵记得，日本人进入梅城的第二周，就在火车站附近最显眼的一道长墙上，写上"日中亲善"四个大字，大字底下画着一群拿着小旗子作舞蹈状的小人。这幅巨大的宣传画如今刚刚涂抹掉，因为出了火车站，如韵的第一印象，就是有两名工人正站在脚手架上重新绘画，青天白日的国民党党徽已经有了个轮廓。

如韵抱着儿子站在出口处发怔，飞卿找黄包车去了，他跑错了方向，前脚走，后脚便有几辆黄包车过来兜生意。耽误了一会儿，如韵和飞卿终于一人坐了一辆黄包车离开火车站。黄包车穿过如韵熟悉的街道，直奔飞卿的三姐家。在一个十字路口，如韵所坐的黄包车慢了一步，结果一支庞大的送葬队伍把她和飞卿隔开了。飞卿已发现她掉了队，正歇在街对面等着她。如韵慌乱的眼光找到了飞卿，心烦意乱地盼眼前的队伍快些走完。肯定是什么有钱的人家在出殡，近乡情怯的如韵越是心焦，那声势浩大的送葬队伍越是不肯爽快地就走过去，那口巨大的棺材仿佛总是在如韵的眼前晃悠。

2

　　早在到达梅城的前一天晚上，飞卿就和如韵说好，到了梅城，他们直接去飞卿的三姐家。飞卿的三姐夫在银行里做事，是一个本本分分的老实人，自然十分欢迎他们的到来，由于飞卿在介绍时，把如韵说成是他的妻子，飞卿的三姐夫丝毫没有产生什么疑问。倒是飞卿的三姐梅朵一眼就看出了破绽。她憋了两天，到了第三天，把飞卿叫到一边审问。飞卿禁不住她连哄带骗，很快就从露馅到彻底交代。梅朵掌握了确凿证据，在吃饭桌子上，故意轻描淡写地说："其实你们只管住在这好了，根本用不着扮演假夫妻这出戏。"

　　如韵感到无地自容，飞卿没想到梅朵会这么说，当时就要和她急。三姐夫一个劲地在中间做老好人。梅朵索性撕破了脸，说她的眼睛里掺不了沙子，说飞卿的脾气完全是让大姐琼瑶给宠坏了。她说这是她的家，自己想怎么说，就怎么说。如韵很平静地等姐弟俩吵完了，一个人带着儿子躲进房间里去垂泪。飞卿赶紧去劝她，如韵平静地说："你三姐也是为你好，你别说了，求求你为我在外面租一间房子，行吗？算是我求你了，求你今天就去办。"

于是飞卿在外面租了一间房子。如韵的父亲有一家小铺子，她的生母早就死了，后母的一张刀子嘴远比飞卿的三姐梅朵厉害。如韵不想回家去领教后母的讽言冷语，她害怕她，惹不起躲得起，还是不见面为好。飞卿要和如韵一起住，如韵先是不答应，飞卿一定要坚持，如韵只好打开天窗说亮话。她告诉飞卿，他要是真想待在她那里，尽管待下去，什么时候腻了，想走就走。他已经为她做了许多，如韵不想再拖累他。飞卿说："如韵，你不要说这样的傻话，我是真喜欢你。"如韵说："我说的不是傻话，不管是不是真喜欢我，你这样对我，我已经心领了。"飞卿急得要发誓，如韵上前捂住了他的嘴，不让他说下去。

如韵和飞卿便算是正式同居。飞卿很快就在公路局找到了一个工作，这工作是通过三姐夫一个朋友找的。那朋友名叫许浩，是梅城最大的一家医院住院处的处长，门道广路子粗，很随便地打了个招呼，飞卿便去上班了。等拿到了第一个月的薪水，飞卿在天然居宴请许浩以示谢意，让三姐梅朵夫妇作陪。梅朵不愿意见如韵，找了个借口推托了，结果到时候坐车来的只有三姐夫和许浩两个人。三姐夫替梅朵圆场，飞卿板着脸说："好了，不说了，她不来拉倒。没她一样喝酒吃饭，用不着求她。"这天然居仍然是许浩的熟人开的，老板一见客人中有许浩，忙不迭地过来敬酒。许浩待老板走了，轻声对飞卿说，一会儿付账由他去付。飞卿说："说好是我请客的，怎么你来付钱。"许浩说："不是我付钱，是我帮你付钱，你知道，我有办法让老板便宜一些。"

果然便宜得几乎是白吃。吃完回家，飞卿羡慕地对如韵说，想不到许浩有那么大的能耐。如韵不想谈论这话题，她心里还残存着对梅朵不来赴宴的不痛快，对许浩也没什么好感，因为他总是色迷迷地偷看她。飞卿在外面也喜欢盯着别的女人看，可是他从来不流露出那种猥琐的色迷迷的神态。

也许是以往的日子不安定的缘故，如韵和飞卿对他们开始一起同居的日子十分满意。飞卿虽然刚去公路局上班，薪水却不算少，物价已经涨了，但是足够家用。如韵对飞卿的要求本来不高，他能够对自己好，就已经千恩万谢。飞卿在讨女人喜欢方面是个天才，他时常用些小手段逗如韵开心，如韵也就逐渐把他当作自己可以依赖的男人。一切都安置停当以后，如韵让飞卿陪着，去了一趟自己的家。开小铺子的父亲在她离开家的日子里已经病故，后母唠唠叨叨对她说了一大堆父亲病故前后的故事。如韵听了，悲伤不起来，她陪着后母一起被动地流眼泪。父亲是她和这个家还有必要保持联系的重要契机，既然父亲已不存在，如韵明白她和这个家的关系，也就彻底完了。

如韵的后母不停地说着，她的思路随时随地都在改变。她夸奖如韵找了一个很体面的小白脸，这种说法叫如韵哭笑不得难以忍受。飞卿也有些受不了这位不讨人喜欢的丈母娘，他跑到门外，和如韵的异母兄弟聊起天来。如韵的后母见飞卿出去了，轻声对如韵说："你不知道，自打你离家以后，你爹就知道你是投了共产党。唉，后来呢，日本人不知道来找了多少次麻烦，真是把你爹急死了，你想象不出来我们是多操心。"如韵知道后母一向言过其实，由她去说，无动于衷。果然，说到临了，如韵的后母又更正说，来调查如韵下落的自然不会是日本人，而是替日本人办事的汉奸。"日本人又不会说中国话，他们非要派中国人来不是吗？"如韵的后母自说自话地说着。

3

　　如韵直到后来才想明白，一次次去她家打听她下落的，是李怒派的人。自从回到梅城，如韵最怕向飞卿说起李怒的事。飞卿不止一次问过她，都被她支支吾吾搪塞过去。如韵说："这事你不用打听了行不行，你问了，也白问，我不会告诉你。"飞卿无可奈何，不甘心地说："你不想说，当然算了，我可是把和张苹的事，都一五一十地告诉你了。"如韵说："那是你自己想说，我又不想听。"飞卿不吭声，很委屈的样子。如韵觉得自己有些过分，发自肺腑地对他说："反正我和李怒已经没有一点关系，你放心好了。"飞卿笑起来，说："我放心什么，再说，我有什么不放心的。"飞卿似乎明白，如韵如果真能忘掉李怒，她就不会那么怕提起他了。

　　有一天，飞卿下班回来，告诉如韵他大姐夫到梅城养病来了。如韵先是没有反应过来飞卿的大姐夫是谁，怔了一怔，才想起来琼瑶的丈夫是当年带他们去解放区的老陈。因为是熟人，第二天，如韵便和飞卿一起去医院看望老陈。老陈已经知道飞卿和如韵的事，但是当他见了如韵以后，仍然按捺不住吃惊。他是隐瞒了自己的身份来这里养病的，有许多话，在病房里不便说，只好半开玩笑地说："想不到现在我们都成了一家人了。"他的眼睛无意中落在如韵的肚子上，发现那里已经高高地隆了起来，显然是有了身孕。

老陈最初的病因只是阑尾炎，在解放区缺医少药，这病就耽误了，差一点把命送掉。手术后并发了腹膜炎，活生生地把他折磨得够呛。于是组织上决定送他到梅城的医院里治疗。经过一段时间的治疗，老陈的病情果然大大好转，脸色红润了，人也胖了。有一次，如韵去看他，老陈说："今天我感觉不错，你陪我到院子里去走走，怎么样？"如韵看老陈的表情，就知道他有话对自己说。两人来到病房外面，老陈心不在焉地说了些别的，然后突然话锋一转，问她和李怒之间，究竟是怎么一回事。

"老实说，我很难过，因为我不敢相信，你和飞卿，都会成为革命队伍里的逃兵。"老陈看看四周没什么人，皱着眉头责怪说，他注意到如韵把头低了下去。外面很阴冷，这是一个十分潮湿的冬天，没有太阳，老陈一边说，一边警惕地注意着周围的动静。如韵静静地听老陈说着，不说一句话。老陈说着说着，话题离李怒越来越远，终于又回到了李怒的身上，他谴责如韵不该不辞而别。他告诉她，她失踪以后，李怒为了找她，不知受到了多少次批评。他一次次越过封锁线，孤军深入钻到敌占区去，为了寻找如韵，李怒无谓地受了一次伤，还差一点把命搭上。老陈告诉如韵，因为她的失踪，李怒完全被个人的感情左右了，他所带领的队伍，因此遭受到了重大的损失。一个使敌人闻风丧胆传奇般的英雄人物，为了她如韵，竟然丢魂失魄到了让人不能相信的地步。

如韵感到内心里仿佛升起了一盆火。她感到一种从未有过的温暖，在这之前，她的心灵深处，一直有一种说不出的麻木。那种遭人遗弃的感觉顿时不复存在，她几乎立刻就原谅了李怒。李怒骑着白马穿过夜色一次次前去和她相会的情景又出现在她的眼前，她似乎又听见了嘚嘚的马蹄声。这时候，老陈说什么已无所谓，如韵十分平静地站在那里，任凭刺骨的寒风吹在她微微发烫的脸上。她知道自己和李怒的缘已经完全断了，正是因为断了，一想起他，千万种滋味都涌上了心头。她面带笑容地把脸扭向一边，眼泪止不住地淌了下来。

老陈又说了些别的什么。如韵忽然低声问李怒现在怎么样。老陈一时不知道她问的是谁，待明白过来，说自己也是很长时间没有听说过他的消息了。老陈埋怨如韵，说像她们那样的知识分子，都有太多的小资产阶级情调，她们总是嫌那些久经战火考验的老革命太土头土脑，不懂得温柔，不会照顾女性。老陈说，其实男人对女人有着不同的表达爱的方式，他以他自己和琼瑶的故事为例，理直气壮地说了半天。

如韵是在回家的路上，想明白了那件事的。她后母说不断有人去打听她的消息，如果真像她后母所说的那样，是日本人或者是日本人派来的汉奸，早就应该找她家的麻烦了。这样的事并不难推理，李怒既然能冒着生命危险，一次次穿越封锁线到敌占区去找她，他一定也会派人来梅城打听她的下落。谁能知道他们当初的分手会有那么严重的后果，在那战火纷飞的日子里，她和李怒之间有过无数次的分手，他们怎么可能想到这次分手会和以往截然不同呢。他们怎么能想到这一次分手就等于永别。

4

在一个秋雨连绵的日子里，如韵突然意识到自己可能是又一次怀孕了。这想法让她感到深深的担心。"怎么会，你真的是怀孕了？"飞卿脸色很难看，他显然感到十分意外。怀孕的时间很有些可疑。如韵和飞卿同居的时间很短，短得只是刚刚开了个头，迈出去了第一步。飞卿自然是缺乏这方面的知识，但是本能会有的疑问起了作用。"这是我们的小孩？"他吞吞吐吐地说着。这样的提问让如韵感到不高兴，他注意到她的脸红布一样通红。

飞卿会有些疑问一点也不奇怪，事实上，如韵自己也有些疑惑，尽管她一口咬定了飞卿。她知道自己并不能完全排除王呆子让她受孕的可能性。这种想法让如韵感到十分心虚，她觉得真要是这样，太对不起飞卿。她已经无脸再见李怒。短短的几年中，如韵的生活中经历过了三个男人，对于这三个男人，无论对于其中的哪一个，如韵都感到有些歉意。好在飞卿也不是十分计较，也许他是相信了如韵的话，也许他觉得自己反正只是和她同居，根本就没什么长久的打算。就好像如韵前面已有个儿子那样，多一个少一个都一样，要不在乎就干脆都不在乎，飞卿不是那种小肚鸡肠的男人。

老陈是在如韵即将临产的日子里，离开梅城的，临走时，专程去看了一趟如韵，他问如韵有没有什么话要带。很难说他能不能见到李怒，他不过是随便问问而已。如韵的心咚咚咚跳起来，她请求老陈千万不要向李怒提起自己。过去的事就让它过去，伤口已经结了疤，没有必要再撕开来，重新去欣赏那血淋淋的痛苦。"大家就当我已经死了好了，"如韵痛苦万分地说，"怎么说都是我不好，李怒是个好人，你让他忘掉我吧。"老陈心中暗暗好笑，如韵不让他向李怒提起她，又要他带信让李怒忘了她，两个想法显然冲突。他似乎也看出了如韵和飞卿之间有些地方不对劲，笑着安慰如韵："现在这样也好，你和飞卿还是很般配的，大家好好过日子，这比什么都重要。革命迟早会成功的，革命为了什么？还不就是让大家好好过日子。"

如韵在医院里又生了一个儿子，飞卿找了辆车，把她从医院里接了回来。家里已经事先找好了女佣人，收拾得比如韵在家时还要干净。飞卿对新出世的小孩，谈不上喜欢，也谈不上不喜欢，因为他自己常常表现得就像是个淘气的大孩子。如韵不知道他从哪弄来的那么多钱，反正他从来不缺钱花。除了琼瑶之外的三个姐姐都时不时地送些钱给他花，他手上阔绰时，用钱完全是公子哥派头。他常常去参加别人的宴请，自己也是动不动就上馆子请客，一喝酒就醉，醉了就胡说八道。

飞卿最初还说说要和如韵结婚的话，渐渐地就把结婚的事忘到了脑后。有一次他带着如韵一起去上馆子，席间，飞卿向别人介绍她是某某小姐，如韵的脸色顿时

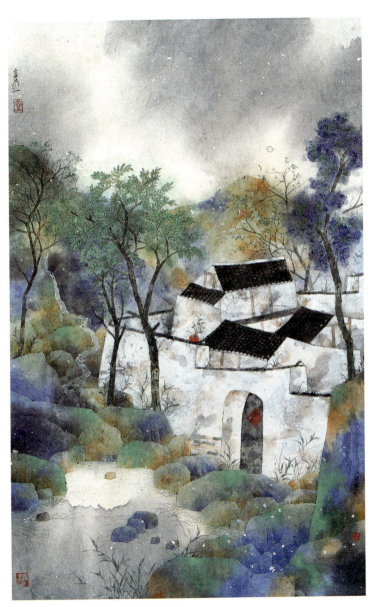

有缘 / 2007年 / 68cm × 45cm

五月天 / 2006年 / 95cm×180cm

就变难看了。连续多少天，如韵都没有再理飞卿，飞卿不知道自己怎么得罪她了，盯在她后面追问，也没问出什么名堂。几天以后，如韵自己熬不住了，冷笑着说："以后你介绍我时，也没必要叫某某小姐，你直接和别人说这是我姘头好了。"飞卿没想到她会为这句话动这么大的肝火，笑着说："那你叫我怎么说，说这是我老婆——不觉得这太俗气了吗？"如韵还是冷笑，眼睛看着飞卿，说："是俗气，不过，我现在的确也是个俗气的人，怎么说，都一样俗气。"飞卿让如韵说得有些不高兴，他觉得如韵为了这么点小事，闹这么几天别扭实在没意思。他这一生气，如韵又觉得过意不去，安慰他说："你放心，我可不是变着法子逼你娶我，我们早就说好的，你什么时候想走都行，我不会缠着你不放的。"

如韵最初知道飞卿有别的女人时，产生的第一冲动，就是自己的疑虑终于成为事实。她没有大吵大闹，既然答应给飞卿自由，如韵不想食言。她不想重复像许多蠢女人做过的傻事，大吵大闹有什么用呢，男人真要是有了异心，成天系在裤腰带上也没有用。如韵记得在她小时候，自己的母亲屡屡要和父亲大闹，父亲自然是外面有了女人，母亲闹，父亲便像打贼一样揍她。父亲未必就是真喜欢外面的女人，不好的男人都这样。后来母亲死了，后母进了门，父亲仍然在外面寻花问柳，后母也不跟他闹。她对付父亲的办法是拼命攒私房钱，扣住了钱，父亲想风流也难，而且手里有了钱，后母做人也硬气。如韵不知不觉就学会了后母的一套。她开始偷偷地自己存钱，故意夸大生活的开支，飞卿每回一发薪水，如韵便恨不能把他身上的最后一分钱都榨光。

飞卿在外面越来越不像话，起先还瞒着如韵，后来索性明明白白地胡搞。他因为人生得漂亮，甜言蜜语一张口就来，在外面和女人打交道并不需要多花钱。每勾搭上一个新女人，他便把故事说给如韵听。如韵把他身上的钱几乎都拿走了，他憋了一肚子不快，就变着法子报复如韵。也许他知道她其实内心是嫉妒的，她越是要装出不在乎，他便越是要让她嫉妒。公路局的差事是个美差，承包商为了做生意，少不了要讨好巴结飞卿。有时塞些红包什么的，也不告诉如韵，如韵发现他身上有钱，问他钱从哪里来的，飞卿嬉皮笑脸说是别的相好的女人给的。如韵没想到飞卿会在这么短的时间里变得如此厚颜无耻，越骂他越来劲，越说他越疯狂。

　　一个人要是堕落的话，什么下流的事都做得出来。飞卿的身上开始有不同的女人的香水味，衣领上残留着不同的女人留下的口红痕迹。这还不够，他甚至就在如韵的鼻子底下，和女佣人小张调情。天知道他和小张之间有没有真出事。不能想象一个男人竟然会如此明火执仗地不要脸。如韵预感到她和飞卿的关系已到了尽头，她知道他这么做，目的是想让如韵撵他走。飞卿对她已经厌倦了，他想从她的这张网里逃出去。

5

　　飞卿是在如韵下决心要和他断的时候出事的。他搞女人搞昏了头，竟然和戏班子的穆桂英睡到了一张床上去。日本人统治时期，作为头牌花旦的穆桂英曾经下嫁过公安局长。抗战胜利，公安局长被当作汉奸枪毙了，穆桂英只好又出来挂牌唱戏。她的戏唱得不怎么样，要在舞台上抛头露面地混，必须靠一点戏外的功夫。自然有一班轻薄的少年捧她的场，被枪毙的公安局长的徒子徒孙还在，不是地痞就是流氓。情场得意的飞卿在小巷深处，被狠狠地揍了一顿。有人用刀在他身上上上下下捅了七刀，每一刀都是不致命的要害部分。捅完了就派人送医院，还留下了厚厚的一叠子钞票算是让飞卿治病。

　　如韵通过许浩找到了病床上的飞卿。飞卿的身上到处都缠着纱布，纱布上渗出了红色的血迹。医生告诉如韵，捅刀子的人，实在是职业高手，他没有轻而易举地要飞卿的命，却让他变成终身的残废。他十分巧妙地让飞卿变成了一个生理上的废人。飞卿成了一个有脚不能走、有手不能用力的瘫子，他只能在房间里扶着东西移动，躺在床上听收音机，坐在角落里吆五喝六乱发脾气。过去，如韵和他吵架的时候，动不动就撵他走，那时候的飞卿常在外面夜宿，到处拈花惹草。那时候的飞卿确实有地方可去，但是他每次被如韵撵走了，又厚着脸皮回来。现在的飞卿已无地方可去，没有人愿意接受他，因此他无论怎么闹，无论如何不讲道理，如韵都不忍心撵他。

　　分手的事因为飞卿的出事而告吹。在这之前，如韵把自己的两个小孩，托付给了一个远房婶娘照管。她自己请许浩帮她在医院的财务科里找了个差事，这事曾经为了飞卿出事耽搁了一阵，待飞卿出了医院，自己开始能凑合着照料自己，如韵便正式去医院上班。许浩的老丈人是医院的董事，有了这么个大后台，他在医院里的气派，就好像这医院是他开的一样。有了许浩的关照，如韵在财务科的工作一切都还算顺利。每天早晨，如韵做了早饭和中饭，然后带着两个小孩上班去，在中途，如韵还要把小孩送到远房婶娘那里。

飞卿成了如韵不得不照看的大孩子。一切好像都是注定的，他们满怀着一腔热情去了解放区，走向不同的工作岗位，绕了一个大圈子，最后又走到了一起。如韵觉得对飞卿是有责任的，要不是为了她的缘故，飞卿也不可能离开解放区，更不可能挪用那笔公款。甚至飞卿的出事，如韵觉得自己也难逃其责，要是他们早一些分手，要是他们像开始同居时那么恩爱，飞卿说不定就能躲过这场横祸。天底下的事情实在难说得清楚。飞卿帮着她从危难中走了出来，如韵不能把他丢在危难中不闻不问。

"你和许浩之间有什么勾搭，我怎么知道？"飞卿不知忧愁的潇洒劲儿，早不知道到哪里去了，他的心眼变得比针眼还小，许浩多来了几次，他便盯着如韵闹。如韵被他闹急了，气得用话噎他，说自己真和许浩有了什么，又怎么样。飞卿失态地说："我能怎么样，你明知道我现在不能怎么样。"说完了，孩子一般捂着脸大哭。他哭得是那样的伤心，结果如韵也只好陪着他一起哭。两个小孩都还小，被他们的阵势吓得不轻，瞪大着眼睛看着他们，可怜巴巴也准备要哭。如韵流着眼泪说："都到了这一步，太太平平过日子好不好？"飞卿仰躺在床上，叹息说："到了这一步，怎么太太平平过日子？"

如韵和飞卿都明白许浩常来的目的所在。从一开始，如韵就感觉到了他眼睛中对自己的那种欲望。如韵不想得罪他，许浩似乎也不想强迫她。尽管两人都不想互相利用对方，事实上有意无意地正在这么做。结局大家仿佛都已经能看到。对于飞卿来说，他不能忍受的，已经不是如韵和许浩之间可能会有的结局，他感到让他掐住脖子似的喘不过气来的，是到达这结局前的漫长过程。这漫长的过程煎熬着飞卿的心。一个男人被一个拖着两个小孩的女人豢养着，这滋味不好受。如果这中间还要掺和着另外一个男人，还要依靠另外一个男人，这滋味更不好受。

飞卿说："如韵，我要是许浩的话，早把你弄到手了。"

飞卿又说："我告诉你，许浩这人，实在不怎么样！"

6

如韵做梦也不会想到，李怒最后会到梅城来找她。她毫无抗拒地接受了现实。现实中的如韵已经放弃了一切不合实际的浪漫想法，将近三年的内战，以国民党军队的全盘失败而告结束，解放军在一片欢呼的秧歌声中，浩浩荡荡开进了梅城。梅城像节日中一样热闹。已经成为废人的飞卿趴在窗台上观看入城仪式，看入了神看傻了眼，如韵知道他是在后悔当年离开解放区。

李怒坐着一辆军用吉普出现在如韵住的那条大街上。时间是在入城仪式后的好几天，李怒从遥远的另一座城市匆匆赶来。他所带领的部队和进入梅城的部队是两个系统。他是专程请了假日夜兼程赶到的，他来梅城的愿望很简单，仅仅是为了看一眼如韵。从老陈那里，他已经知道了如韵的一些事，时过境迁物是人非，李怒没有别的奢求，他只是想看看如韵。曾经沧海难为水，好多年过去了，和如韵的分别好像还是昨天的事。李怒忘不了如韵，无论是在战火纷飞的前线，还是在休战停顿的营地，只要一想到如韵，便感到牵肠挂肚。无情未必真豪杰，惦记着心目中的女人又如何不丈夫，李怒觉得他必须去一趟梅城。

　　会面是在一种十分尴尬的气氛中进行的，李怒的突然造访，害得如韵有些束手无策晕头转向。这情景只应该在梦中出现，如韵想这一定是梦。李怒一直到最后，都没有弄明白房间里的两个男人，究竟哪一位是如韵现在的丈夫。他掩饰着自己的感伤，微笑着逗两个小孩玩。两个小孩似乎也感受到了周围不同寻常的气氛，呆呆地站在墙角，局外人一样地看着房间里的大人。没人记得清自己说过些什么，这时候，说什么都不重要，说什么，都跟没说一样。时间静止了一会儿，李怒站起来告辞。他很艰难地继续笑着，十分留恋地扫了一眼房间里的摆设，扭头向外走去。

　　如韵没有跟出去送李怒。李怒听见身后有脚步声跟着他下楼，一直忍着没有回头，终于发现自己身后的只是代表如韵送他的许浩，他说不出的失望。两人来到了大街上，许浩说："这位同志，难得来的，其实一起吃顿饭多好。"李怒没有理睬许浩，若有所失地向军用吉普走去，他的司机已经看见他了。许浩又说："你这是去哪里呢？"李怒回头看了一眼许浩，胡乱报了个地名，然后拉开车门，往车上跨。他没有抬头往楼上看，他根本不知道这时候二楼的窗户里，如韵正搂着两个小孩，眼泪汪汪地看着他。他只是顽固地相信一点，那就是如韵事实上根本就不喜欢他，她早就忘了他的存在。他的到来打破了如韵原有生活的平静，他是一个多余的人，根本就没必要来。军用吉普的发动机响起来，李怒看着反光镜中自己痛苦不堪的面孔，出于礼貌地对许浩摆了摆手，喇叭刺耳地叫着，军用吉普猛地向前方冲去。

李怒死于第二年的春天。本来安排他的部队进驻一个大城市，进驻这个城市以前，上级指示团级以上干部凡是没有结婚的单身汉，应该尽快解决个人问题。已经是师长身份的李怒奉命去军部开会，到了军部的礼堂里，一个副军长指着坐在下面的一排妇女，让李怒从中间挑一个中意的做老婆。副军长说:"你若是不挑,组织上便为你挑。"副军长本来只是半真半假地开开玩笑,没想到李怒勃然大怒,说了一句很难听的话,拂袖而去。副军长也有些生气,回去和军长说。军长说:"找老婆是组织决定,他李怒不肯找,就是不听组织的话。"副军长说:"李怒过去曾找过一个女学生,他这人,就喜欢那种读过书的女人。"军长说:"什么读过书的女人,是资产阶级的女人。他一定是想到花花绿绿的大城市里去找个洋学生当老婆。李怒这人,就是思想有问题,要不然,凭他的资历,早就可以当军长了。"

李怒的部队继续南下,深入到崇山峻岭之中追击国民党的残余部队。大家注意到胡子拉碴的李怒情绪一直不好,常常几天不说一句话。国民党的残余部队已经不堪一击,变成了到处流窜的土匪。有一天,李怒坐军用吉普去下面的一个连队视察,途中遭到了土匪的突然袭击。转眼之间,车上所有的人都牺牲了,包括李怒自己，他的警卫员，机要员，还有参谋人员。等到大队人马闻讯赶到，车上的物品已被洗劫一空，枪支、望远镜、军事地图和电台，甚至身上穿的衣服都剥光了，大家被眼前的惨状惊得目瞪口呆。这是一幕完全可以避免的惨剧，因为类似的视察去不去都可以，而且李怒不让满满一卡车的警卫排跟在他后面走，他的死实在有些冤枉。

李怒的尸体被运往省城安葬，在后来建造的烈士陵园中，可以找到他的墓碑。关于他后来的故事，远在梅城的如韵并不知道。

文学是痛，文学是善

我想从自己生活经历中很重要的一件事开始说起，这件事情发生在一九七〇年，我十三岁，那时候刚上初中。

　　那是一个不用去上学的日子，好像是星期天，老师忽发奇想，把我们一个个都喊到学校去了。去了也没什么事，都扔在操场上玩，在和同学们嬉闹的时候，我不幸被一块石头击中了眼睛。这完全是一个偶然事件，祸从天降，谁也没想到过它的后果有多严重。并不是很疼痛，我捂着眼睛跌倒在地上，印象中有一位工宣队师傅走了过来，他草草地看了看情况，说不得了，得赶快送医院，于是我被匆匆送往医院。

　　进了医院，门诊说是要做手术，就进了手术室。手术时间并不长，当时乱哄哄的，医院里正搞什么医护工三结合，医学权威都打扫厕所去了，什么人都敢拿手术刀。我也弄不明白究竟是谁在给我做手术，反正是几个人一边做，一边在讨论应该怎么做，一边还嘻嘻哈哈。然后手术就结束了，为了害怕相互影响，我的双眼都被蒙了起来。

　　几天以后，医生开始为我打开蒙在眼睛上的纱布，我听见一位女医生叹气说："不行，这里还得再补上两针。"

　　这是一位被打倒的专家，她的语气中充满了遗憾。然后就又去了手术室，再补两针。现在看来这一定是个很严重的医疗事故，那个时候是"文化大革命"，医院乱得不成样子，根本就没有医疗事故这个词。谁都没有顶真，我的母亲在旁边甚至都没有问一声为什么。医生的话总是有道理，他们怎么说，只能怎么做。

当时，我父母都还在干校劳动。我眼睛受伤的消息很快传到了干校，但是在传播的过程中间，出现了一个小小的误差，变成是我把别人的眼睛打伤了。一位造反派立刻训斥了我父亲，说这是怎么回事，是不是阶级报复。父亲于是坐着火车赶到南京，愁眉苦脸地赶到医院。一路上，他都在痛苦思索，在想怎么办，该怎么面对别人的家长，怎么跟人赔礼道歉，等到知道是我的眼睛被别人打伤后，父亲深深地松了一口气，他觉得心里一块石头终于落地了。

父亲好像是当天就走了，因为干校就在郊区，他急着要回去向我母亲汇报。第二天我母亲来了，来了也无话可说，事情反正已经发生了，还能怎么样，她陪了我几天，因为我的双眼都被蒙着，无法自己照顾自己。然后就是打开没有受伤眼睛上的纱布，这时候，我因为有一只眼睛已能看见，开始能够自理了，母亲也就立刻离开了，又回到了干校。接下来，我独自一人在医院里住着，到拆线的时候，医生试了试受伤眼睛的视力，已经很模糊了，只能看见手影在动。当时并不明白，我的一只眼睛已瞎了，毕竟还是个孩子，那只好眼睛还能看到东西，也并没有觉得有什么太了不起。

现在回忆这件事情，我并没什么抱怨，因为虽然它对我的人生之路影响非常严重，但是在当时真的是很自然，很简单。我们非常平静地接受了这个现实，没有索赔一分钱，甚至都没有指责过肇事者。老师说，那位同学也不是有意的。这当然不是有意的，像这么巧的碰撞，想有意都不行。

对我来说，那次眼睛意外受伤，只是多米诺骨牌倒下的第一块牌，这以后的一切，接二连三，都好像是注定好了的，虽然我从小就不想当作家，但是在不知不觉中，偶然成全了必然，我七绕八弯，终于成了作家。

最终会走上文学这条路，我至今觉得非常滑稽。我的父亲被打成右派以后，他对文学充满了恐惧，所以从小就教育我不要写作，不要当什么作家。父亲觉得我长大以后干什么都可以，能为人民服务就行，但是只有一条路绝对不能走，这就是写小说，不要去耍弄笔杆子。

受家庭影响，我小时候有很多理想，唯一没有想到的就是当作家。我上初中的时候，特别喜欢玩半导体无线电，在高中和当小工人的时候，特别喜欢玩照相。与同时代的同龄人相比，我显然是那种数理化都说得过去的乖孩子，学习成绩好，听父母的话，不调皮捣蛋，从来不和别人打架，从来不欺负人，从来都是被别人欺负。高中毕业以后进工厂当了工人，我自学了高等数学，后来恢复高考，我最想报考的是医学院。

当时遇到的一个最现实的问题，是我受过伤的眼睛过不了体检关，这可是一个硬杠杠，体检不合格，一切都是白搭。最后我只好选择文科，文科才不管你是不是已经瞎了一只眼，文科意味着什么人都能干。印象中，一向很讲究的政审已经不重要，家庭出身也不重要，是不是右派子弟根本没关系，毕竟四人帮粉碎了，就要改革开放了。不过选择文科真不是我的本意，我只是傻乎乎地想上大学，当我收到南京大学中文系的录取通知书时，父亲没有给我一句祝贺，只是感叹了一声："没办法，又要弄文了。"

父亲把写作看成了一件非常可怕的事，他的这种观点深深地影响了我。考上大学虽然很高兴，但是学文完全不是初衷，为此我常常感到找不到北，根本就不知道努力的目标在哪里。学文的人必须得有才气，我一直觉得自己最缺乏的就是才气。我丝毫没意识到眼睛不好会把我逼到这条路上来，如果不是因为眼睛，我想自己更可能会成为一个科学家，我的性格很内向，不善于和别人打交道，把我扔在实验室里倒是非常合适。我并不在乎干那些单调无聊枯燥的工作，而且我的动手能力也很好，和周围的人相比，我这方面明显地要高出一筹。

考上大学后，我一直是把写作当成一种玩的东西，无论是写小说还是发表小说，我都没有决定要当作家，都没有想到会把写作当作自己的职业。我用到玩这个词的时候，一点都不夸张。我只是觉得一个人业余写点东西挺有意思，写作是一种能力，是个人就应该具备这种能力，学文的人更是马虎不得。直到研究生毕业，到出版社做了编辑，写的东西开始多了，我才慢慢地走上了文学不归路。和文学我是地地道道的先结婚，然后再恋爱，因为写作，我爱上写作，因为写作，我已经不可能再干别的什么事。我现在已经没有办法想象，还有什么能比文学更美好，更能让人入迷，离开了文学，我还能干什么呢。

我们常常会说文学是一种痛，为什么，为什么歌舞升平常常就不是文学。文学与珍珠的形成十分相似，珍珠是河蚌的一种痛造成的，是因为有了伤口，有了不适，文学同样是痛苦的结晶，没有痛在里面，就不可能形成美的文学。世界上好的艺术品、文学、音乐、绘画，都一定要有点痛在里面，要让你难受，要让你痛不欲生，只有这样，才有可能产生一些真正的好东西。好货不便宜，如果轻易就能够得到，如果说来就来，手到擒来，稀里糊涂地就产生了，那真的就不一定是珍珠。

不管真相是不是完全这样，我的眼睛所受到的伤害，它成全了我与文学结缘。就个人的生活而言，这实在是一件很痛的事。一个人的伤痛往往是微不足道的，但是文学真的不能没有痛，不关痛痒是不行的。

文学痛在人心，没有痛，就很可能没有美，不妨以张爱玲小说中的一个痛为例。张的名篇《金锁记》大家一定都熟悉，七巧嫁给了残疾人，早年守寡，后来获得了一大笔钱，但是这钱使这个女人变成了一个恶魔。为了控制自己内向而美丽的女儿，七巧让女儿养成很多坏习惯，包括抽大烟，后来女儿终于遇到了心仪的对象，谈婚论嫁，开始对未来有了美好向往，悄悄把大烟给戒了。一天，那个她爱的男人来找她求婚，可是七巧用一句话，就很轻易地把女儿的一生幸福给毁了。七巧说了什么，她告诉那个男人，说女儿"抽完了大烟就下来。"

为什么一个做母亲的人，要处心积虑地毁掉女儿的幸福。明明女儿已经在戒鸦片了，谁都知道戒鸦片是件很痛苦的事，她作为母亲，不帮女儿掩饰，却还要故意夸大其词。这就是张爱玲的过人之处，她看到了人性中那种无奈的痛，就忍不住要把它写出来。关于张爱玲小说有很多评价，我一直认为这个细节非常有力度，非常华美。写的人心痛，看的人也心痛。痛是一种难以言语的东西，不仅仅是美，也不仅仅是丑，它很揪心，像阴魂不散的鬼魂，像黎明前的雾气，它伴随着我们，让我们忍不住要叹息，忍不住要叫喊。

文学往往就是这样那样的一些痛，而痛中间始终都有善。事实上，只有善才能让我们更容易体会到人生，才能确切地感受到文学中的痛。善根是文学存在的基础，好的文学作品里面不仅要有痛，要有痛的底子，还必须要充满善，一定要有些让人刻骨铭心的东西。我总是情不自禁地就会想到奥地利作家茨威格，想到他的自杀。茨威格或许不能算是一个很伟大的作家，但是他的小说《一个女人一生中的二十四小时》《看不见的收藏》都是非常好的作品。他出身在一个非常有钱的犹太人家庭，根本不需要文学来养活自己，他有点像当年的京剧票友，所以会玩文学，是觉得文学很美，觉得文学很有意思，于是就从事了这项伟大的事业。

我今天要谈的不是茨威格的小说，而是他的最终结局。他是犹太人，希特勒大肆屠杀犹太人的时候，他已逃到了巴西。能幸免于大屠杀，对于任何一个欧洲犹太人来说，都是十分幸运的，都是奇迹，但是茨威格最后还是自杀了，他不愿意苟活，和他的同胞遇难一样，他选择了打开煤气阀门，死于煤气中毒，只是地点不同。

为什么他会选择自杀呢，因为他对当时的人类太绝望，他找不到自己继续活下去的理由。他曾经觉得这个世界会非常美，充满了诗意，然而一个本应该很美的和谐世界，为什么会突然变得如此不堪，如此丑如此恶。茨威格的小说里到处都是美，而这个世界实在太丑陋了，这让他感到太痛，所以他选择了自杀。

我不想评价自杀这件事，我只是想说，一个作家，一个优秀的作家，他必须得有些相当与众不同的东西，必须得有些相当多的与众不同的看法，只有这样，才能够货真价实地感受人间的至痛和至善。

还是把话题回到我受伤的那只眼睛上，多年来，我一直觉得它只是个人的不幸，是命中注定，是生命中必须承受的痛。记忆中，我当时最大的恐惧，不是自己破相了，不是已经瞎了一只眼，而是医生要为我直接往眼球上注射药水，这是治疗的必须，根本就不可能避开躲过。这个真是太恐怖了，医生把装满药水的注射器对我举起来的时候，我常常感觉到了世界末日。我孤零零的一个人，孤零零地在医院，身边甚至都没有一个熟人。事前事后都没有人安慰我，我胆战心惊地走向治疗室，因为注射将在这里进行，对于一个孤独的十三岁孩子来说，这真是很糟糕的一件事。

每次注射我都感到自己想吐，很疼，头痛欲裂。每次我都要独自一人在治疗室呆坐半天，医生觉得我很勇敢，护士觉得我很可怜，她们时不时地会表扬我几句。多少年来，我一直不愿意回忆这事，我一直都在试图忘却。然而我第一次觉得它的严重性，却是在二十多年以后，当时是在上海，跟余华和苏童三个人在一个宾馆里聊天，无意中谈起当年。当我说到父亲听说是自己儿子被别人打伤，而不是儿子打伤别人，心里竟然是仿佛一块石头落地，余华就在原地跳了起来，说这太恐怖了，这叫什么事呀，怎么会是这样。

这个例子足以用来形象地说明"文化大革命"中的

残酷，多少年来，父亲在儿子眼睛受伤这件事上，无论是他自己，还是别人，更多的感慨都是那个特殊时代的巨大阴影，也就是余华的本能反应，是那种对变态和扭曲社会的敏感，是对以往历史的锥心之痛。人已经变成了非人，人已经变得完全麻木，这就是我们对"文化大革命"的基本认识。我们会想"文革"就是这样，就是这德性，知识分子被打倒了，受迫害了，还有不可一世的工宣队，还有草菅人命乱哄哄的医院和社会。

今天，当我们以一种近乎控诉的心态回忆，重温"文革"的历史，往往会意气用事，会居高临下，会觉得有很多往事不可理喻，会觉得怎么这样怎么那样。可是事过境迁，心平气和地回想往事，回想到我的眼睛受伤这个事件，似乎还可以找到另外一种答案。对于历史可以有不同的解读，事实上，我太了解父亲的为人，即使不是在"文化大革命"这样的年头，即使不是被打成右派，他仍然也不会愿意自己的孩子去伤害别人。

自己的孩子伤害了别人，这是一件非常糟糕的事情，如果一定要他做出选择，我相信他会选择让自己孩子受伤。这显然又与时代没有什么关系了，是不是文化大革命并不重要。就好像热爱文学很可能会是我们的天性一样，怕伤害别人也是文学的重要品质。怕伤害别人是什么，说白了这就是一种善，一种很大的善。善在文学中同样有着非常特殊的地位，文学光有痛还是不行，还必须得有善，要有大善。文学并不是用来复仇的，不只是还债，锱铢必较，睚眦必报，这不是文学。文学可以控诉，但绝不能仅仅是控诉。

我一直认为《在酒楼上》是鲁迅最好的小说，它的情节很简单，小说主人公吕纬甫回老家完成母亲叮嘱的两件事，一是为自己早逝的小兄弟迁坟，老母亲总是对死去的爱子念念不忘，一是为一个小女孩送她想要的剪绒花，这个小女孩曾为了想得到这剪绒花挨过骂，因此老母亲一直把这事放在心上。结尾也很简单，前一件事很顺利地完成了，后一件却无法完成，因为那小女孩听信他人的谎话，以为自己会嫁给一个连偷鸡贼都不如的男人，结果郁郁寡欢，生痨病死了。

一个老母亲对死去的小儿子牵肠挂肚，一个美丽的小女孩被谎言蒙蔽，并因此丢了性命，这些并没有什么实际意义的小事，细细品味，不禁让人扼腕叹息。好的小说就是这样，不要太多，有那么点意思就行了。文学常常不是说什么大道理，有时候就是表现一些非常细腻的小情节，这种东西很小，却很痛，很善，因此也就会显得非常美。

文学往往就是从很小的地方开始思考，我祖父曾反复告诉我，你一定要用心去发现。文学往往不是去考虑这个东西有没有意义，考虑它有没有用，而是去发现一些看似十分平常的东西。你必须要静下心来，要有一双能够发现的眼睛，要有一双会观察的眼睛。要有心，要